U0052191

Seba・蝴蝶

Seba・蝴蝶

Seba・蝴蝶

Seba · 蝴蝶

蝴蝶館 86

夢天傳說
無盡的旅程

Seba 蝴蝶 ◎ 著

elegantbooks

夢天傳說之無盡的旅程

楔子

從電腦裡頭爬出來的時候，她心裡是有點啼笑皆非的。當初看七夜怪談，她嚇得要死，甚至買了個電視罩把電視罩起來……現在她倒是變成了「貞子」了。

只是電腦外面的女人卻一點害怕的樣子都沒有，只是露出厭倦的神情，「喔，老天，已經客滿了！你們不要像是蝗蟲一樣擠來好不好？……」

她有些徬徨的躊躇了一會兒，怯怯的將手上的信交給厭倦的女人，「……舒祈大人，是死神先生要我來找您的……」

那位喚做舒祈的女人接過信，忍不住翻了翻白眼。「……是怎樣？我已經說我不想管這些雜務了……」牢騷歸牢騷，她還是按耐住性子一字一句的閱讀了。

舒祈和那個新死不久的人魂默默相對，「……妳在火災中救了半打孩子？」

人魂慌張了一下，「我、我不是故意要救人的……」她咽了咽口水，「……事實上，我是去自殺的……」她垂下了頭。

這是個奇妙的夜晚。已經死亡的自己，和一個不知道是不是人類的女人談天。

燦月是下定決心結束一切苦難的。深受憂鬱症所苦的她，在面臨失戀、失業、破產等等普通級的災難之後，終於決定到此為止。翻閱了許多資料之後，她發現，從高樓墜落死亡的成功率比較高，也比較不痛苦。

這也是為什麼她會站在那棟大樓的緣故。

等一切就緒，遺書壓在整齊的鞋子底下，她也充滿了悲劇主角的情緒，正要一躍而下的時候……

底下的大樓正在冒煙。

……糟糕，失火了！更糟糕的是，她似乎聽到小孩子哭泣的聲音……呀，她搭電梯上來的時候，依稀記得二樓是安親班……

接下來她就不太記得了。是怎樣沿著樓梯，從二十樓奔到二樓，是怎樣踹開烈火熊熊的堅固大門，是怎樣扭開鐵窗的鎖，是怎樣將小孩子們一一丟到樓下去……她真的不太記得了。

記得的是，豔紅的火突然爆發出金黃碧青，宛如雷鳴般令人耳聾，她記得火焰像是金紅色的狂風，吞噬粉碎了她的肢體。

只剩下一顆頭顱。

她記得六翼的死神先生，很溫柔的將她抱起來，俊秀的臉龐滿是困擾。

「……妳很麻煩，知道嗎？」舒祈嘆了口長氣，「顏小姐。妳一生功過相抵，意圖自殺應該是地獄那兒的罪魂，但是妳卻犧牲自己救了無辜者。若要讓妳上天堂麼……偏偏妳積分不足，自殺的事實也依舊在。」

「……那我會變成孤魂野鬼嗎？」顏燦月愣愣的指著自己。

「不會。」舒祈橫了她一眼，覺得腦門更痛了，「天堂那兒魂魄嚴重缺貨，他們捨不得不要。如果妳還能增加一點積分，他們就可以將妳帶回去了……」

是說，連身體都沒有，能增加什麼積分？六翼真該死，偏偏把這個燙手山芋丟過來……

「舒祈……」

螢幕冒出一顆少女的腦袋，把燦月嚇得跳到天花板，抱著日光燈管不敢放，舒祈抬頭看看，無奈的說，「……顏小姐，妳剛剛也是這麼出來的……」

「喔……對唷。」燦月驚魂甫定的從天花板飄下來，「我已經死了……」終於面對這個事實，她忍不住有點鼻酸。

少女轉動眼睛，「舒祈，妳有客人啊……？」她不禁驚嘆，居然還有人魂可以穿破重重的防護，直接到達舒祈的面前！這些年，她當舒祈的管家，早就把防火牆弄得像是銅牆鐵壁，尋常天魔妖神都別想進來的。

舒祈內心也是一動。自從得慕當她的管家以後，張起結界防火牆，只有得慕可以引導孤魂野鬼，沒有任何人可以隨意進出的。

能夠進出的，除非得到得慕或舒祈的允許，不然就是能力非常強，強到可以破壞結界。但是……結界卻還好好的。

她和得慕對望了一眼。

「該死的六翼……」舒祈低低咀咒了一聲。

得慕也明白了，她有點哭笑不得，「……天界的爛攤子，就是要推給我們收就對了……」

舒祈抱住腦袋沒說話，「……妳，顏小姐，該不會也玩過『夢天』這款網路遊戲吧？」

燦月有些莫名其妙，這些不人不鬼的女人怎麼天外飛來一筆……「我玩過呀。不過只有封測*。月費實在太貴了，所以收費後我就……」

啊～該死的六翼!!

舒祈遞了份報紙，燦月狐疑的湊過去看，標題還滿大的：

「新瘟疫『遊戲過勞死』?!」

……什麼跟什麼呀？

仔細往下看——

「本報訊。某知名網路遊戲因場景逼真、唯美深受坊間歡迎。然而卻造成了玩家廢寢忘食爆肝練功，短短一週內已經有了十二起休克病例。經急救後，除兩名玩家不幸死亡，十名玩家皆成為植物人……衛生署呼籲，長時間遊戲將有損健康，將要緊急立案遊戲健康法……相關條例正由專家學者研擬中……」

看了兩遍，燦月糊裡糊塗的抬起頭，「……這跟我有什麼關係？」

「關係可大了。」舒祈嘆息，「這關係妳能不能進天堂。」

「我並不想進天堂呀。」燦月嚇到了，兩手猛搖，「我不是好到可以進天堂的人……」

「那妳要下地獄？」舒祈扁眼看她。

「這個、這個，我……我我我……」她結巴了，「我也不想……」

＊封閉測試的簡稱。網路遊戲正式上市之前，為了遊戲的穩定度和抓出程式內的錯誤，會募集玩家進行限制帳號數量的測試。封閉測試的角色資料在正式上市得時候會刪除，也通常是免費的。

「妳自殺的時候都不先想好，該去天堂還地獄？現在可好了，妳現在是兩邊都想要的人了。」舒祈無奈的揮手，「妳安心去吧……等妳完成任務，想去天堂還是地獄，妳再跟各路使者好好的溝通吧……」

「任務？什麼任務？」燦月臉孔一白，雖然還搞不清楚狀況……但是看到她們滿眼的同情，就知道似乎很糟糕、非常糟糕了……

「搶救雷恩大兵。」舒祈懶得跟她囉唆，「得慕，先帶她過去吧。『進去』以後比較好說明。」

「但是她什麼都還不知道欸……」得慕的眼神變得好悲憫。

「這就是人生啊……」舒祈對著燦月雙手合十，「去吧，要怪記得怪六翼，跟我沒關係的……」

「等一下！」被得慕架起來的燦月大叫，「喂！到底是要搶救誰啊？要我去哪裡呀？喂！別這樣沒頭沒腦的……這樣很恐怖呀～」

雖然她這樣大喊大叫，卻沒得到她想要的答案。

一陣強光逼得她瞇細了眼睛……再睜開來，世界已經完全不一樣了。

第一章

當強光過去……燦月發現自己面朝下的趴在清澈的水中。

狼狽的抬起頭……老天，她差點就在及膝的水裡淹死了！那兩個不人不鬼的女人搞啥，想要謀殺她是吧……?!

欸？謀殺？她不是死了嗎？

她愣愣的坐在水中，抬頭是個百人無法合抱的大樹，風在枝枒間嬉戲，發出悄然的低語。

空氣間有著光耀的閃亮……很美、很美。甚至有隻小小的、長著翅膀的小姑娘飛了過來，停在她的鼻尖，兩個人互視到鬥雞眼。

……喂，來個人說明一下吧！這是怎麼回事呀?!

「天啊，妳是什麼東西?!」燦月像是趕蒼蠅一樣拼命揮，「這是什麼鬼地方？這到底是怎麼回事～～」

「『東西』？」那位長翅膀的小姑娘生氣了，「妳好歹也說一聲：『哇！好可愛的小精靈喔！』，居然無禮到說我是東西！好歹我塵世的身體還在的時候，我也跟妳一樣，是個有血有肉的玩家好不好！要不是遊戲裡的人物死掉了，我轉生為NPC＊……也不會變成這個樣子……妳居然這樣無禮的說我是東西！妳這個沒有禮貌的傢伙……」

小精靈非常憤怒的罵罵罵，燦月呆著眼睛，望著她粉嫩的小嘴一開一合，像是不用換氣似的。

「……這到底是怎麼回事……？」她抓住自己的頭髮，覺得自己快要發瘋了，「喂，我都死了呀！為什麼會被丟到這種鬼地方？欸，舒祈～」

瞪了她好一會兒，小精靈爆炸了，「舒祈、得慕！妳們說的援軍就是這個搞不清楚狀況的女鬼?!這就是妳們說的『強大援軍』哪?!妳們最好有夠好的解釋……」

「好了好了，我知道了……」一個小小的身影從巨樹後面繞過來，愁眉苦臉的，「我們也是沒辦法的……這麼短的時間內，找不到適合的人選啊……」

「妳們啊……」小精靈氣急敗壞的飛過去，小手揪住只有半人高的小小少女的衣領，

「都城不是妳們管轄的嗎？連這麼一個小小的問題都解決不了……真的死滿十二個人，這個虛擬世界就固定下來，再也不是虛幻了啦！妳知不知道問題有多嚴重啊？這可是全世界會不會毀滅的大問題！……」

「我知道，我完全知道……」少女忍不住舉起雙手叫饒，「但是我們能怎麼樣呢？這個鳥地方連我都不能自由穿梭，也和舒祈的能力衝突呀！找來找去也只找到這個女鬼有能力穿越任何結界……我和舒祈除了能夠在這裡創個人物以外，什麼事情也辦不到……妳也知道，這邊錢難賺等難練，等我們練到可以挑戰那傢伙的時候，恐怕……」

「喔，媽的……」小精靈暴跳如雷，「天界都沒什麼表示？這個鬼東西可是他們的特產！叫他們收回去成不成？死掉的人會越來越多的～這玩意兒很像是病毒欸！等她完成了，等她入侵了所有的網路……妳認為地球還會有活人嗎？我的天啊……」

「只要躲在這兒，」少女乾笑，「連天界都拿她沒辦法的……」

「喂。」燦月越聽越糊塗，不知道為什麼，心裡一陣陣的發冷，「來個說人話的可

*Non-Player Character非玩家角色：指不由玩家所控制的角色，就網路遊戲而言即為電腦角色。

以嗎？最少也解釋一下，到底是……」她激憤的涉水而行，水底狡詐的小石頭讓她滑了一下，她馬上又撲倒在水裡。

「……我是想扶妳的，只是腿有點短。」少女不好意思的摸了摸頭。

「喔，天啊，淹死在及膝的水裡會笑死人的！」燦月發火了，「喂，舒祈！得慕～妳們好歹也……」

「……我就是得慕。」少女有點羞愧的指著自己。

燦月瞪大眼睛，上下打量這個半身高的少女，「……妳？妳就是？那我看到的那個……」她突然覺得，自殺是個蠢主意。

是誰說死亡可以結束一切苦難的？這才是苦難的開始吧？

妳根本不知道會遇到什麼鬼呀呀呀呀～～

「啊哈哈……」得慕不好意思的摸頭，「因為很難解釋……所以得先請妳『進來』。事實上，我們派了不少人進來救援，有的登入不能，有的又遭了些意外……妳算是第一個成功的。」

「……這裡到底是哪裡？」燦月望著水影，瞠目的看著隱約倒映的，居然是個有著長耳朵、面貌清麗脫俗，金黃色頭髮的女孩。這該不會是我吧……？

看起來完全是個妖精啊啊啊啊～

得慕搔了搔臉頰，「……沒錯。這就是妳的『人物』。種族是精靈，職業呢……應該是戰士吧。因為是非法登入的，所以只能夠隨機碰運氣，沒得讓妳選……」

非法登入？「這到底是哪裡?!」燦月用盡全身力氣大吼。

得慕掏了掏耳朵，「其實，妳應該覺得場景很熟悉吧？世界樹……清澈的水池……妳心裡的疑惑是對的。」她笑咪咪的拉彩帶，「賓果！這裡正是『夢天』。這裡是第十二個伺服器……」

燦月猛然抬頭，張大了嘴吧。對呀……難怪這麼面熟！她玩過夢天，對於這個白精靈新手村莊還有印象……

她……她她她，她居然身在一個網路遊戲裡面！

蹦的一聲，燦月趴在水裡，昏倒了。

「……哎，要昏也昏在陸地上……淹死在及膝的水裡，真的有點丟臉呢……」

＊　＊　＊

等她醒來，真的巴不得是惡夢一場。很不幸的，那隻只有巴掌大的小精靈，還像跳豆一樣蹦來蹦去，得慕化身的半身少女，滿臉關懷的看著她。

……我能不能再昏倒一次？

「昏倒也不能解決事情的。」得慕很友善的提醒她。

燦月真是欲哭無淚。「……妳能不能用人類的語言說明清楚？」

「人類的語言很難說明清楚欸。」得慕咬著唇，「我盡力試試看好了。」

燦月和小精靈一起翻了白眼。

「如妳所見，妳進入了夢天第十二伺服器。事實上，除了千千萬萬的玩家……還有個精神異常的天使長也進入了這裡……」

「天使長還有精神異常的？」燦月傻眼了。

「妳讓她好好說話行不行？」小精靈很老氣橫秋的教訓，「小孩子有耳沒嘴，這樣隨便插嘴會讓人懷疑妳父母的教養……」

「妳說這話什麼意思？為什麼沒事要扯到我爸媽？妳真的沒禮貌欸！」

看著眼前這對吵嘴吵得很熱烈的妖精，得慕無語問蒼天。把拯救世界的大任交給她們倆真的好嗎……？「嗯……妳們討論結束沒？謝謝……真是激烈的討論，都快冒出火花了……我能不能繼續解釋？」

原來，天界掌管死亡與夢的天使長，在長期的工作壓力下，精神崩潰了。她歪曲的心靈認為，人類這麼多的苦難，都來自於生命與失夢。所以她下凡侵入了夢天的伺服器之一，準備將夢轉為現實。

「……我聽不懂。」燦月愣愣的看著得慕，「侵入一個網路遊戲的伺服器，怎麼可能把夢轉為現實？」

「只要先把這個伺服器的世界固定下來……吸攝所有在此流連的玩家就行了。收取他們塵世的生命，讓他們的靈魂生活於此。這樣就能虛轉實了。」

得慕苦笑，「聽起來很異想天開，但是精神異常的天使長卻真的去執行了……更慘的是，她還真的執行成功。若是這個世界完成，她就有能力入侵其他伺服器、其他網路遊戲……乃至於一切虛擬。人類面對網路的時候，心靈特別脆弱。真的讓她執行下去……地球大概要死一半以上的人口。大概所有的科技和文明也隨之消逝了吧？」

「……拜託，」燦月終於聽懂了，「不過就是電腦嘛！拔掉插頭就好了，需要那麼複雜嗎？」

「……電源不是那麼需要的，相信我。」得慕沉重的嘆口氣，「轉換電源是很簡單的……人類發電的方式本來就很原始。認真要說的話，三界內的眾生，都懂得如何從虛空中聚集電力，更何況是十二大天使長之一？」

「那就關閉伺服器呀。」燦月覺得很不可思議，「那不是很簡單？只要沒有人玩的話，那她的計畫也只是計畫……」

「如果妳還活著，妳會不會相信我剛剛說的話？」得慕很認真的問。

「……鬼才信。」

「沒錯，只有鬼會信，人類是絕對不會相信的。」得慕滿臉憂愁，「但是……我和舒祈討論過以後，認為天使長寄居在此，倒也算是將災害控制在最小的範圍內。幸好只是這個小島上的一個小伺服器，萬一她寄居到暗黑破壞神那類的超大伺服器……災害的範圍恐怕會大到無法收拾……」

「喂，別那麼瞧不起夢天好不好？」小精靈生氣了，「好歹也是很多人在玩……」

得慕扁了扁眼，不想理她，「所以，我們想要悄悄的處理掉這件災害。天界擺明了他們沒辦法，想想也讓她認為我們沒辦法好了。省得在逮住她之前，讓她潛逃到其他網路遊戲。妳知道現在的網路遊戲多如繁星……讓她在我們不知道的角落成功了，反而麻煩……」

張著嘴聽完，燦月有點發寒。「……那要我做什麼？」

「很簡單的……」得慕撫慰的笑了笑，「天使長用盡全力才攝收了十二個玩家的魂魄。她以為那十二個人魂會照她的劇本，乖乖的轉生為十二護衛天使，成為她和人界的接點。卻沒想到人魂不是那麼乖的東西……」

她笑咪咪的捧起小精靈，「就像杜莎。當她失去塵世的身體時，人物還是存活了很長一段時間，直到人物死亡。她轉生的時候卻沒有變成十二護衛天使，反而成了小精靈。天使長也沒預料到，人類即使沒了魂魄，還是可以以植物人的形態活下去……」

「然後？」燦月湧起不祥的預感。

「妳的任務就是，喚醒那十個迷失在夢天的人魂，阻止十二護衛天使的產生。當然若是能夠順便殺掉天使長，那就更好了……」

「……聽起來好像很簡單。」燦月不祥的預感越來越深，「就是殺掉大魔王而已，對吧？只是天使長等級如何？她如果跟GM＊一樣，那我也不用費神了……」

「妳不用擔心啦。」得慕鼓勵的拍拍她的肩膀，「她在塵世能力有限，也必須遵照遊戲的規則。所以她的等級也限制在七十五級而已，一點都不用擔心……」

「……我現在幾級？」燦月有種大禍臨頭的感覺。

「當然是一級。」得慕回答得很理所當然。

「……」她慌張的打開包包……只有一把鏽到快要斷掉的劍，和一把比水果刀大不了多少的小匕首。「……妳要一級的我，拿著這兩把搞笑的玩具，去挑戰七十五級的大魔王?!」

「妳總是會升級的啦。」得慕擺手，「別擔心，我們當然會給妳一些資助呀……雖然說，我跟舒祈在這個世界裡沒有半點法力，但是我們可是很努力呢……」

她雙手一翻，掏出了一把金幣、一把看起來彈性疲乏的弓，和一袋稀稀疏疏的木箭。

「……這把弓附了魔法力量，可以秒殺魔王對吧？」燦月一陣陣的頭昏。

「不，這是商店裡買的商店貨。妳不要小看這把弓，我跟舒祈可是賺錢賺好久才買到的……花了五六萬呢！不要客氣，妳就收下吧……」

十萬金幣，一把破弓。然後妳叫一級的我去殺七十五級的大魔王……

蹦的一聲，燦月又暈倒了。

「……哎，起碼這次沒倒在水裡，額頭的包很快就會痊癒了……」

＊　＊　＊

再次醒來，一睜眼就看到杜莎的大特寫，她馬上把眼睛閉起來。

拜託……誰來告訴她，這只是一場惡夢吧!!

「閉上眼睛也不能解決事情的。」杜莎沒好氣的撥她眼皮，「雖然遊戲裡面跟現實的

＊game master就是遊戲的管理人員，在線上協助玩家管理遊戲秩序、抓違法使用外掛的玩家等等，有Bug也可以回報給他。通常GM的等級都很高，玩家是無挑戰GM的。

時間感相差很多……不過妳也沒有很多時間可以浪費了……」

「……我已經死了呀。」燦月熱淚盈眶，「就不能讓我安息嗎？」

「妳還真的以為死亡是一切的結束喔？」杜莎嗤之以鼻，「我告訴妳，死亡才是一切麻煩的開始。」

……這樣誰還敢自殺呀？

她垂首想了想，「其實，我也不一定要殺掉大魔王吧？」她湧起一絲希望，「只要喚醒那十個玩家就好了嘛！」

但是要去哪裡找那十個玩家？

「妳問得很好。」杜莎聳聳肩，「事實上，沒有人知道。我不知道，舒祈不知道、得慕當然也不知道。」

燦月傻住了，「……這個伺服器有多少人口？」

「沒多少，大約四五千人吧。」杜莎板板手指。

……是要哪裡大海撈針去？「那我該怎麼辦?!」她憤怒的叫了出來。

「用妳的腦子想啊。」杜莎掏了掏耳朵，「如果要聽我的建議，妳還是先把那把破弓拿起來，出城去狩獵吧。我是覺得……大海撈針還不如直接找魔王算帳。修煉的過程中，應該還會遇到很多人，當中說不定就有迷失的玩家。要救到所有人……真的太難了。但是只要讓妳遇到一個……十二護衛天使就永遠不能湊成整數。」

杜莎飛了起來，「要放棄希望很簡單，就是因為很簡單，所以放棄之前先試試看能盡力到什麼程度呀！等真的不行再說……」

燦月頹喪的坐在地上，她連動都不想動了。

「欸，妳要逃到什麼時候呀？」杜莎老氣橫秋的戳她額頭，「妳不是要自殺？那死在什麼地方都無所謂吧？既然什麼都無所謂……那就把妳的弓拿起來。最少，也對這世界付出一些什麼。塵世可是相當程度的撫育過妳喔。不管好或壞，歡喜或悲傷……妳都欠塵世一筆。」

……的確。死在什麼地方都無所謂。反正都死了……她應該，還有什麼是可以做的吧？

堅毅的將弓扛在肩膀上，杜莎飛到她另一邊的肩膀。她看了看包包裡的地圖……真是個簡單大方的地圖。簡單到她幾乎不知道自己在哪。

「妳先按這個鈕……」杜莎指點著，「按另一個鈕是顯示妳的等級和金錢……」

握著這個閃著藍光的小板子，燦月有點傻眼，「……這算是……？」

「把他想成是個魔法啟動的PDA吧。」杜莎打了個呵欠，「十二伺服器已經和其他伺服器不同了。」

「怎麼說？」她努力辨識方向，不太有把握的向城門跑去。

「據外面的說法是，有個神奇的駭客將十二伺服器莫名的更新了，而且更新的速度飛快。事實上是……天使長讓這個世界越來越擬真，擬真到不可思議的地步……這就是個真實的夢境。」

杜莎仰首看著清澈湛藍的天空，白雲冉冉的飄過，「我們都在天使長的巨大夢境中。」

看著這片超真實的天空……燦月懷著一股強烈的敬畏和恐懼。她真的有辦法和這樣的魔王對抗嗎……？而且，她的真實身分還是個神，一個天使長。

反正……她也沒有什麼好損失的。

「狩獵吧。」她拉弓準備射箭，「現在我能做的，也只有提升等級了！」

「……妳射那隻會不會太拼了一點？」杜莎緊急起飛，「妳知道妳這樣的人魂和其他玩家有什麼不一樣嗎？」

發現那隻妖魔副隊長幾乎沒有什麼損血的燦月狂奔，上氣不接下氣的問，「有、有什麼不一樣?!」

「正常玩家就算死掉，也只是少了點經驗值，了不起噴噴裝備。」杜莎不遠不近的飛著，「但是我們這樣的人魂……萬一死了，就真的死掉了唷……」

「妳為什麼不早說……」啪的一聲，燦月被妖魔副隊長打去了半條命，頭昏眼花的繼續逃命，「這種重要的事情，妳該早點說呀！現在是要怎麼辦……」

「我不知道喔。」杜莎攤攤手，「我是滿同情的……但我現在是NPC呀。不過我可以幫妳一個忙。」

燦月拼命拔足狂奔，連問都問不出來了。

「我可以幫妳祈禱。」杜莎有模有樣的雙手合十。

……得慕，妳確定這隻該死的蒼蠅可以當我的夥伴？拜託妳派個有用點的幫手吧！

「救命呀～」燦月絕望的叫了出來。

第二章

沿著道路不斷往前跑，跑過隨風搖曳的薰衣草原，跑過古典又頹美的斷垣殘壁，甚至游過了兩條河……那隻可怕的妖魔副隊長居然還緊追不捨。

完了完了，真的會死掉……在這個世界死掉以後會怎樣？難道和杜莎一樣變成蒼蠅嗎……？

「我不要跟杜莎一樣變成蒼蠅！」她絕望的叫出來，「救命啊～～」

「喂！」杜莎憤怒的緊追著她飛，阻礙她的前進，「誰說我是蒼蠅？沒眼光的傢伙！妳看過這麼美麗的蒼蠅嗎?!」

……舒祈，妳送這傢伙給我，到底是幫我還是害我啊啊啊～～

就在千鈞一髮之際，一隻閃亮的銀箭緊貼著她的臉頰擦過，射斷了幾根金髮，爪子幾乎搭上她的妖魔副隊長眉心中箭，晃了兩晃，像是喝醉酒似的……嚎叫著仰天躺平了。

得、得救了……一放下心來，燦月的兩條腿像是果凍一樣，發顫著軟倒在地。

「妳沒事吧？」背著光，一張純淨溫柔的臉漾著笑，伸出手，「還站得起來嗎？」

燦月眼眶含著淚，眼前這個溫柔的金髮帥哥在她眼中看起來……像是光輝燦爛的天使啊……

「哇～」她撲進帥哥的懷裡，「真的好可怕好可怕啊～」

帥哥讓她衝得坐倒在地，哈哈……第一次有美女投懷送抱呢……感覺還真不賴。

等燦月恢復平靜，驚覺了自己的失禮，她不斷的道歉，道歉到帥哥不好意思了。「沒關係，真的沒關係……妹妹，妳是新手吧。我叫米迦勒，妳呢？」

……真是個傲慢的名字。大天使長欸……

不過，他有著白妖精都有的清秀俊逸，除此之外，還有種溫柔如鄰家大哥哥的親切。

「……人物不是每個都長得一樣嗎？」她悄悄的問杜莎。

杜莎扁了扁眼睛，「我們看白種人、黑人，不也覺得他們長得差不多？事實上，這也算是一種種族歧視吧？我們都身在天使長的巨大夢境中……所以每個人物都會越來越擬真，差異性也會越來越大呀！真是笨欸……」

「喂，我就是問上一句，妳需要順便損我嗎？妳真是……」

「呀！」米迦勒大叫一聲，把燦月和杜莎嚇得一起跳起來，「妳的寵物是小精靈?!我從來沒聽說過欸！養龍、養狼，這我倒是常常看到的……養小精靈！好可愛啊∫她能做什麼？她可以做什麼?!」

米迦勒滿眼驚喜，戳了戳杜莎粉嫩的小臉頰。

「……你這個沒有禮貌的傢伙！」杜莎爆炸了，氣得跳上跳下，「你居然戳少女神聖的臉頰！誰是寵物啊?!你也看清楚，我可是精靈村莊最有名的NPC，新手的守護神，小精靈杜莎！你居然無禮的戳我的臉頰，還說我是寵物！」

她怒氣沖沖的轉頭對著燦月吼，「快！快殺了這個無禮的傢伙！我才能夠讓他趴在地上懊悔不該侮辱我！」

看了看被秒殺的妖魔副隊長，又看看米迦勒全副英挺的輕裝甲，和他手上那把金光閃閃、殺氣騰騰，用看得就覺得很厲害的弓……

妳認為一級的我是能殺誰……？

「哈哈，真是可愛欸。」米迦勒指著杜莎笑，「妳看她多開心，還跳上跳下的……她一定很喜歡我。」

……你，沒聽到她長篇大論的罵人嗎……？

「可惡！」杜莎簡直要氣死了，「為什麼我要轉生為NPC？這樣的話，除了妳跟得慕，誰也聽不懂我說的話啊！妳趕緊跟他說，我要宰了他！」

燦月默默的將她一把塞進包包裡，「哈哈，我也不知道怎麼會養了這麼一隻……沒用的蒼蠅。她什麼也不會……啊，我叫燦月，謝謝你的解圍。」

「妳不要把我塞進包包裡……」杜莎掙扎著要爬出來，「告訴他，我要跟他決鬥啦！」

燦月乾脆把包包扣上。

「妳是新手呀？」米迦勒對她有種莫名的好感，像是非常親切、一見如故的感覺，「燦月妹妹，妳怎麼跑到這麼遠？這裡離新手村可是很遠很遠了……妳幾級了。」

「一級。」燦月心裡有點怪怪的。妹妹？她離妹妹的年紀實在很遙遠了呀……

米迦勒望著燦月，一時之間，尷尬的沉默降臨了。「……一級跑去挑戰妖魔副隊長實在是有點兒……」

「呃……所以才會讓他追了這麼遠。」攤開地圖，她也跟著沉默了。老天啊……會不會遠了一點……？再一點點路就跑到中立地帶了。

「妳呀……妳還是回村吧。這邊很危險的。」米迦勒很好心的建議。

一摸包包，燦月的臉孔掛下幾條黑線。完蛋了……太久沒玩夢天，她完全忘記「回城卷*」這回事了。

「妳沒帶回城卷……？」米迦勒的臉上也跟著掛下黑線，忍不住笑了起來，「我送妳一張吧。不，不要現在用。我帶妳回城。」他笑著伸出手，「順便告訴妳，妳真正的獵場在哪裡。」

把手遞給他以後，燦月的臉莫名其妙的紅了。哇塞……她已經好幾個月沒牽到男人的手欸！她都快忘記掌心的溫暖了……

溫暖？在虛擬的遊戲裡，她可以感受到掌心的溫暖？

抬頭望著湛藍的宛如圖畫的天空，這巨大的夢境……真的與真實越來越難分辨了……

＊　　＊　　＊

回到村莊以後，米迦勒望著這個穿著見習生服的新手妹妹，越看越有好感。她一直靜靜的、乖乖的讓他牽著手，既不要裝備，也不會要錢，更不會磨著要他帶。

這樣可愛的新手不多了。

「妳在這裡等一下。」米迦勒笑咪咪的豎起食指，「我有些小時候的衣服拿給妳穿。」

捧了一捧普頂裝和一把合金弓，燦月眼睛都睜圓了，好歹也玩過封測，她知道這些東西可是不少錢的……「我不能收！這些實在太貴重了……」

「借妳嘛。」米迦勒很大方的拼命往上堆，還有藥水白靈彈之類亂七八糟的東西，「反正放在倉庫裡也是白放著……」

「……藥水也是小時候放在倉庫的？」燦月皺著眉。

「呃……我可是了不起的銀月遊俠呢。」他很帥氣的昂了昂下巴，「我快七十級了唷！像我這麼強的人，哪需要喝到藥水呀……妳好好收起來吧！加油喔！有緣再見面

＊這是借用網路遊戲天堂二的設定，全名是「祝福的回城卷」。因為天堂二遊戲設定普通回城卷的使用需要施法時間，但是祝福的回城卷卻可以免除施法時間，瞬間回城。

吧～」

「等一下……」燦月急著說，但是米迦勒已經不見蹤跡了。

這只是虛擬的寶物，對吧？但是她收到的，卻是一個陌生人，活生生的善良。他在現實生活是個怎樣的人？一定也有父母、朋友，說不定也有戀人吧？

燦月默默的將輕裝甲穿了起來，拿起合金弓。眼神變得很堅毅。

為了保護這個陌生人的善良，讓他能夠平安的回到現實生活……她這個一無所有的亡魂……就只能夠盡力做到自己能做的。

「走吧，杜莎。」她意氣風發的走出城門，瞄準一隻獸人，「我們該啟程了。」

她幾乎是拼了全力的狩獵……不再只是個遊戲。對，這不是遊戲。這是性命相搏。她已經死過了，若是在這個世界死去，運氣好可以轉生為NPC……運氣不好，就會就此消滅了。

要死在任何地方都可以，但不能是這個地方，她還有該做的事情！

直到夕陽西下，她氣喘如牛的靠在道路旁。掏出PDA，她已經順利升上十五級了，身上也多了一點點錢。

兩眼無神的發呆了一會兒，她慢吞吞的站起來，拔出匕首，慢吞吞的割著狐狗的屍體。

飛了一天的杜莎也累了，她轉動眼睛，不太有興趣的問，「……妳現在在幹嘛？」

「我在剝狐狗的皮，也割一些肉下來。」她很不熟練的戳著，「我肚子餓了……」

餓？杜莎坐直起來，瞪大眼睛，「……妳餓了？」

「運動了一整天，我快餓死了。」她喃喃抱怨，「妳幫我看一下行李，我去撿柴火……」

餓？柴火？喂……妳有沒有搞清楚，這只是個虛擬遊戲欸！而且，妳根本就是個亡魂……

她還在發呆，燦月已經拖了一堆乾柴，將一把果子扔在杜莎面前，「精靈應該是吃果子的吧？我剛試吃過，應該沒有毒……別靠太近，小心營火燒了妳的翅膀……」

抱著一顆野莓，杜莎良久才找到自己的聲音，「……妳不會真的要吃晚餐吧？妳到底有沒有搞清楚狀況？這只是個巨大的……」

「巨大的夢境。」燦月滿頭大汗的試著鑽木取火，「我知道呀！但是我就是會肚子餓，餓了就要吃嘛！吃飽我就想睡覺了……今天真是累啊……」

「……人魂沒有在睡覺的啦！」杜莎受到很大的驚嚇，事實上……人魂也沒有在吃飯的，「為什麼妳……」

「我也不懂。」燦月更奮力的鑽著木柴，「我不想去管什麼巨大的夢境、虛擬現實之類的。反正肚子餓就要吃，睏了就要睡。既然我已經到了這種地步……就盡力去做我該做、想做的吧。該死……這個柴怎麼燒不起來……」

只聽蓬的一聲，柴火突然大旺，差點燒了燦月的頭髮和杜莎的翅膀。

「啊……對不起。」一個黑妖精法師不好意思的摸摸頭，「我還不太會控制火焰……我可以坐下來嗎？」

「……請。」燦月倒是很高興火升了起來……但沒想到是其他玩家幫忙升的火。雖然火太旺，肉有點焦了，但是一天的辛勞之後……這樣簡陋的晚餐卻讓她津津有味的啃著。

「好像很好吃欸……」黑妖法師很羨慕的看著，「我能不能吃吃看？」

燦月呆了一下，遲疑的遞出一串微焦的烤肉。

「哇！真的好好吃喔！」黑妖法師綻出甜蜜嬌豔的笑容。

杜莎的下巴差點掉下來了。這不可能吧？這只是遊戲、遊戲啊！到底天使長的巨大夢境要帶我們去哪裡……？她真的把虛擬化為真實了嗎？

她望著手裡的野莓，猶豫好久……咬下一口。

強烈的衝擊幾乎讓她僵住。她……已經快忘記食物的滋味了。自從失去塵世的身體，她孤獨的在這個遊戲世界流浪。忍受寂寞，忍受恐懼……這些她都能夠無所謂。

但是……再也不能夠吃任何東西，忘記所有食物的滋味……卻是她最痛苦的事情。

妳到底是誰呢？燦月？破壞遊戲的設定，將飲食的滋味帶進虛擬……這是活人才該有的特權，不是亡靈該奢求的。

妳到底是誰呢？

「妳到底是誰？」杜莎有些恐懼的、輕輕的問著沉睡中的燦月。

渴睡得要死的燦月勉強睜開眼睛，無奈的看著在黑暗中閃著微光的杜莎，沒好氣的回答，「我還能是誰？我是燦月，一個肉腳得要死的精靈戰士。好了吧？如果沒事了，拜託妳也來睡覺……別吵我了……」

她不由分說的把杜莎攬到懷裡，繼續沉沉睡去。

我……我居然感受到她的體溫。杜莎驚恐的發現，她想掙扎出來……卻聽到燦月沉穩的心跳，蹦蹦、蹦蹦。

她的眼淚幾乎掉下來。這是……多麼好聽的聲音。是她還活著的時候，時時可以聽到，卻一點都不在意，直到失去了塵世的生命，才發現那聲音多麼值得眷戀。

蹦蹦、蹦蹦。

閉上眼睛，杜莎放棄了掙扎。不要去想燦月是「什麼」了吧？她只想……再多聽聽心跳的聲音。這樣單調、規律，卻也是這麼溫暖的聲音。

渡過千百個無眠的夜晚……杜莎終於得到了一夜的安眠。

對於亡靈來說，這是多麼奢侈。

隨著燦月在亞丁大陸流浪，杜莎越來越不安。她真的很奇怪，非常非常奇怪。只有她能夠安然的宛如現實的在夢天裡頭生活，她所接觸的一切都成為真實……

在眾多玩家口中，也開始口耳相傳有這麼一個奇特的玩家。帶著一隻小精靈，四處遊走。許多特殊指令只有她才有，比方說，升起營火，烤肉、吃飯。甚至她還能夠將狩獵後的獵物烤熟，分享給營火邊的玩家們。

這是很令人驚訝的存在。

「妳是微服出巡的GM吧？」有玩家這樣異想天開的問，「別騙了，不然為什麼妳擁有這麼多擬真的指令？」

這樣的問題真的不好回答……燦月會乾笑著，「沒啦，這只是遊戲的BUG，被發現我會被踢出去唷～」

雖然她沒正面回答過問題，但是玩家們卻越來越喜歡她。許多人一到晚上就不練功，到處跑著尋找燦月的營火。在光輝的營火邊，有人唱歌、有人跳舞，還有巫師會放漂亮的煙火。

笑聲、歌聲、吹噓自己的偉大戰功。鼎沸的人聲讓營火更溫暖。

她總是生氣蓬勃的臉龐讓人看了就充滿希望和勇氣，許多人一定要參加過燦月的營火，才會安心的下線休息，臉上帶著笑容。

杜莎卻總是坐在營火的陰影中，沉默著。

這夜，當眾人散去，燦月安詳的在渾圓的月影下安眠，杜莎望著她，心裡不知道是什麼滋味。

「怎麼了？很少看到倔強的杜莎愁眉苦臉欸。」得慕化身的少女笑咪咪的出現在營火邊。

她卻沒有反駁，只是眷戀的看了看燦月，下定決心，「得慕，妳把燦月帶回去吧。這裡不是她該來的地方。」

「為什麼？」得慕嚇了一跳，「她很努力呀！我看到她在布告板刊登的尋人啟事，也知道她已經一轉了。她不是很忠實的在執行她的任務嗎？」

「因為她和天使長有相類似的能力呀！」杜莎大叫，「不對，天使長搞不好都沒她的能力強！天使長能力再強，也必須遵照遊戲設定的規則，沒辦法踰越太多，只能盡量擬真而已……但是燦月……燦月已經不是擬真了！她根本就是把虛擬轉變為現實！

「玩家進入遊戲，應該跟我們的身分相當，只是遊戲裡的亡靈！但只要靠近她……亡靈也可以感受到體溫、飲食、睡眠！天使長只能誘使重度沉迷的玩家進入，只是十二個人就可以讓她耗盡法力沉眠了……她根本不用任何法力，就可以聚集所有孤寂的靈魂！放著不管的話，沉迷的人會越來越多……」

「那也是他們的選擇，不是嗎？」得慕寬容的笑笑。

杜莎霍然站起來，「我不要再看到像我這樣的人了！有我就夠了，我不想再增加犧牲者了！妳以為是怎樣的人可以這樣重度沉迷？什麼樣的人可以一整天都掛在夢天？」

她以為……成為NPC以後，她的血液就凝結了，感情就沉寂了……但是現在、現在狂暴的憤怒在她的胸口翻滾，「像我這樣的人！像我這樣……沒有人關心、沒有人愛護的人！因為沒有任何可以去的地方，我們只好躲在夢天裡……這樣的脆弱讓我們成為天使長的獵物！」

胸口好熱……好痛。「我爸媽不愛我。他們彼此也不相愛。之所以結婚……只是倒楣的有了我，又是適婚齡，所以才湊合在一起的。我只能看到櫃子上的新台幣，看不到爸媽的臉！就算我不去上學，他們也沒關係……只要我別出門找麻煩就好了。我天天窩在家裡，把所有時間花在夢天上……因為那讓我有歸屬感！不會有人說我陰沉、說我醜陋，不會有人嘲笑我、討厭我！就是這樣脆弱的心靈，我才會被天使長相中的……」

「杜莎……」得慕想安撫她，她卻尖叫起來。

「但那只是我而已！我喜歡血盟的每個人，我喜歡所有善意的陌生人！反正我死在什麼角落都無所謂，但是他們有他們的人生啊！為什麼要為了一個遊戲而喪生呢？這只是虛擬的，不是真實呀！再怎麼說還是活著比較好吧？我希望每個人都快快樂樂的活在現實中，真正知道吃飯睡覺的滋味，也不要他們跟我一樣，像個亡靈似的永恆流浪！」

一口氣說完，杜莎氣喘吁吁，紅紅的眼眶，倔強的不願掉下淚。

「……杜莎，妳是個溫柔善良的好孩子。」得慕溫柔的捧起她，「乖乖，我知道的……」

這些溫柔的話語，崩潰了她的堅強。她像個孩子一樣依在得慕的懷裡痛哭。

「巨大的夢境嗎？」得慕抬頭望著令人暈眩的星空，「或許。每個虛擬遊戲都是夢境。但是現實才是真實……還是虛擬才是真實……這讓人類自己判斷吧。我們能夠做的，只是讓人類保有自我判斷的能力。我也不知道讓擁有這種『虛轉實』能力的燦月來這裡對不對……但我們都是人類。就算死了，只剩下人魂……也還是非常喜歡人類的人魂……」

「我喜歡人類……」杜莎哭泣著，「我真的很喜歡人類呀……」

我也……非常喜歡人類。仰望著有著磅礡銀河旋轉的星空，已經清醒的燦月心裡默默想著。

「不用擔心啦。」她突然開口，把得慕和杜莎嚇了一大跳，「我會將天使長除去，而且……不會變成下一個魔王。」

深深吸一口沁涼的空氣。這是她記憶裡的現實，然後轉化為虛擬的現實吧。

「當魔王也是要有才能的。我太喜歡人了……所以當不成。早點睡吧，別沒事在那兒說夢話。」她翻身過去，聽著營火劈劈啪啪，又睡著了。

在巨大的夢境中，她又做了天使長無法管轄的夢。那是屬於她的，誰也不知道的夢。

第三章

燦月的時間感和其他玩家不一樣。在夢天裡，現實生活中的三個小時約莫是遊戲裡的一天，別的玩家感受到的是真實的三個小時，對燦月來說……那是結結實實的一天。

正因為如此，所以她的修煉比別人都快。在很短的時間內，她已經接近二轉*了。

「燦月，」常在營火邊找她的朋友憂心忡忡，「妳這樣不行喔，早晚妳的肝會爆炸的。等級沒那麼重要啦……妳總得要睡一下呀。」

「有啊。」她會歉意的笑笑，「等月亮中天的時候，我就開始睡覺了。」她遲疑了一會兒，「……再說，我已經死了，沒有肝可以暴了。」

朋友們對她的說詞向來嗤之以鼻，從來沒有人相信過她。

「妳喔，就跟如意一樣。」好心的朋友開始碎碎念，「勸她下線休息，她老說她的心死了，只能生活在夢天。」

「如意？」燦月呆了呆，「她是誰？她是否從來不下線？」

「一個有名的女牧師，她現在都在克塔衝二轉*，不管幾時上線，都可以看到她。」

克塔嗎？燦月呆呆的仰頭。杜莎飛到她肩膀，神情很凝重的和她對望一眼。

「一個不下線的玩家。」燦月喃喃著。

「說不定是十人之一。」杜莎有些憂心忡忡。

「不管怎麼樣，明天去看看吧。」

第二天一早，她收拾營火，往克塔前進了。這是個陰森的高塔，沼澤周圍環繞著兇惡的魔物和漂蕩的鬼魂。杜莎心驚膽戰的抓著燦月的頭髮，每次鬼魂冒出來的時候，都揪緊頭髮大叫。

被抓痛的燦月很無奈，「……這又不真的是鬼。」真正的鬼……是我和妳吧？

杜莎眼淚汪汪的，「……我理智上知道，情感上不知道呀……」

---

*某些遊戲會有轉職系統，當角色達到一定等級，通過某些試煉或任務，可以轉職成其他相關職業。轉職可能不止一次，某些遊戲甚至設計了高等角色的第二次轉職。第一次轉職簡稱為「一轉」，第二次轉職簡稱為「二轉」。

她無奈的看著沒用的杜莎，再一次的仰首望天。她真的不知道得慕和舒祈派這隻蒼蠅給她幹嘛……

進入克塔，氣氛更陰森詭譎。不過在進入魔物區的廣場上，倒是熱鬧非凡的。等待組隊的人、賣東西的小販，熙熙攘攘，像是個小市集。販賣的東西也各式各樣，從藥水到加強威力的靈魂彈、魔靈彈都有，甚至有些價值連城的武器都擺在攤上叫賣。

雖然她滿中意一把威風凜凜的卓越弓，但是卻沒空逛攤子了。她四下張望，想在人群中尋找那個不下線的牧師……

一道溫暖的祝福突然加諸在她身上。燦月轉頭，好心的牧師正在對陌生人的她施加祝福。

「……謝謝妳，好心的牧師。」燦月彎了彎腰，她有種預感，一種呼之欲出的預感，「妳是如意吧？」

微笑的牧師突然張大眼睛，「……我們認識嗎？對不起，我記性不太好……」

找到了。燦月按耐住內心的狂跳，「如意，妳多久沒下線了？」

她臉孔一白，眼神突然變得朦朧茫然，雖然只有一瞬間。「呵，是誰要妳來勸我的？

狂刀？夜煞？還是小丸子？我現在這樣很好……別管我了……」

「我不能不管！」燦月一把抓著她，「如意，妳到底多久沒下線了？妳是不是久到自己想不起來？難道妳不認為有什麼不對勁嗎？妳若不快快登出的話……」

「沒有什麼不對勁！」如意被她的激動嚇到了，用力甩脫她，「一切都很好、很好！我不用下線，也永遠不必下線！這就是我要的，妳不要來困擾我……」

燦月還想說些什麼，只覺得腦門一昏，她感到一陣陣的渾沌，只能眼睜睜的看著如意跑進人群中，消失了。

等她終於能動的時候，杜莎沒好氣的看著她。「……妳真嫩欸！一個嫩牧師的催眠術就可以讓妳立正站好！妳看妳～人都跑了啦……」

「……」燦月終於發作了，「妳也中了催眠術呀？妳不會先追過去嗎？」

「欸？對唷……」杜莎有點不好意思，「我在忙著打醒妳……但是除了殺人犯，我誰也打不到……」

「笨蒼蠅就是笨蒼蠅！」燦月對著天空大叫，「舒祈！得慕！我要求換拍檔啦！除了蒼蠅以外……就算是水蛭我也認了！快把這隻沒用的蒼蠅帶走！」

「我才要換個聰明伶俐點的拍檔呢！是誰魯魯莽莽的把她嚇跑的？吭？敢說我是蒼蠅？妳這隻大耳朵的驢子！」杜莎大怒的回嘴。

「妳說什麼?!得慕，妳看看她！我再也受不了她了……」「我才真的受不了妳了！得慕，我要換拍檔啦！」

這對互相嫌棄的拍檔一發不可收拾，在人聲鼎沸的市集更增加了熱鬧的氣氛。遠遠的一個賣箭的小攤子，攤主卻不敢把頭抬起來。

……我的名字……不用你們這樣宣傳啦……默默蹲在地上的得慕，突然覺得好想回家。

平安回家是最好的了……得慕悄悄的收拾攤子，等她們都冷靜下來，再告訴她們相關的情報吧……

偏偏杜莎眼尖，小手一指，「得慕在那邊！」嬌小的得慕讓氣勢洶洶的杜莎和燦月逼到牆角。

「得慕！妳看啦，燦月罵我是蒼蠅啦！她也不想想她像頭驢子！」杜莎含著眼淚，憤怒的跳上跳下。

「大家乖，別這樣就吵架嘛……」得慕乾笑著，試著安撫吵得非常低層次的兩個探險隊員。

「她本來就是隻沒用的蒼蠅！好不容易找到十人之一……她居然不會追蹤上去！我要她這隻既不會打怪又不會賺錢，任何功能都沒有的蒼蠅做什麼？我要換一個夥伴！」燦月憤怒的揮拳。

「杜莎可以幫妳擋紅人呀……大家要和睦相處嘛……」得慕想安撫燦月的怒氣。勸來勸去，得慕很苦命的發現，自己像個倒楣的幼稚園老師。

「停停停！」得慕將手舉起來，「妳們不覺得奇怪，我怎麼會出現在這裡？」她這招「轉移注意力」奏效了，燦月和杜莎相視一眼，異口同聲的，「妳怎麼知道我們在這裡？」

得慕很欣慰這個大絕招有效果了……最近她都在帶小孩，果然特訓是有效的……「那是因為，GM願意幫我們小小的忙了……所以她幫我瞬移到妳們身邊……」

「GM？那能夠拜託他幫我升到七十五級，順便送把神兵給我嗎？」燦月的眼睛閃閃發光。

「讓我也能夠打怪升等？」杜莎狂喜起來，「有沒有我可以用的裝備？」

「……不行。」得慕苦笑著搖手，「GM能做的事情其實很有限……」

兩個人一起發出抱怨的聲音，垂頭喪氣的。

「不對呀，為什麼GM要幫妳呢？」燦月越想越怪異。

「那是因為……」得慕輕嘆了口氣，「妳們不覺得奇怪，十二伺服器從來沒有停機維修過？」

這麼一說……的確……「是沒有。」

得慕輕輕的聳肩，「因為第十二伺服器無法關機了。就算拔掉插頭……這個伺服器也照樣運作。」

燦月張大嘴，抱住腦袋。這已經超過常識的範圍了。「……難道他們什麼也不做嗎？最少可以把伺服器拆成碎片吧？那最少也可以強迫伺服器關機……」

「……」得慕又苦笑了，「關閉伺服器會讓遊戲代理商蒙受很大的損失。」

「要錢不要命？哇靠，賺自己家的錢，不要別人的命？天啊，真是卑劣的人類！」杜莎氣得跳腳。

得慕除了苦笑，似乎也不能做什麼。「不過，因為情形實在太奇怪了，代理商『稍微』相信了我們一點點，所以讓GM給我們有限的幫助……」

「這種幫助有跟沒有一樣……」燦月發著牢騷，突然靈光一閃。「……得慕，請GM調查如意的現實身分。這應該做得到吧？」

「……我不知道……」得慕有些困擾，「這樣算是侵犯隱私權吧……」

「你就跟代理商說，若是不幫忙，伺服器會爆炸的。」燦月秀眉一擰，「我需要如意的所有情報，好勸她下線。得慕……這是很重要的。只要有人缺席，天使長的野心就只是野心吧？我們不知道有多少玩家被轉生為護衛天使了……但是只要缺一個，一個就好了！我現在就找到那一個了！」

得慕張著嘴看她，表情漸漸轉為柔和。看起來，她不用替燦月擔心了……她的心靈，沒有被沮喪和痛苦占據，反而是勇往直前。

「我會盡力讓妳看到成果的。」她很瀟灑的登出，「妳很快就會收到所需的情報。」

＊　　＊　　＊

到底是多久沒有下線了？

如意有些迷惘的看著魔物漸漸的逼近她。她的團員都已經死亡，而她也在瀕死邊緣了。

她不知道。

一切都像是個巨大的夢境……她沉迷夢天的時候。漸漸的，時間感消失了，她開始分不清清晨與黑夜，只是不斷的盯著電腦螢幕。漸漸的，她分不清楚現實與夢境，就算是睡夢中，她也夢見在夢天狩獵。

直到現在。她似乎沒有下線過……不會飢餓、不會疲累，就是不斷的在夢天漫遊著。

今天是星期幾？是白天還是夜晚？

那隻漆黑的巨豹猙獰著閃亮的獠牙，吼著對她走過來。她發現，自己在害怕，非常非常害怕。

怕？有什麼好怕的？大不了就是趴了，回到鄰近村莊，損失一些經驗值或者是裝備。這又不是真正的死亡……

但是她恐懼，非常恐懼。過去的一生像是慢速電影，緩緩的在腦海裡播出，包括一切歡樂和痛苦。

錐心刺骨的痛苦。

當巨豹跳起來撲向她時，她只能無力的閉上眼睛，等待那一刻……那一刻卻沒有來。

只聽到箭矢破空之聲，那隻巨豹吃痛的跳了起來，轉向撲往門口苗條的倩影。那個無畏的白妖精巡守，馬上搭箭上弓，又射出了閃藍光的一箭……然後轉身逃走。

她……她不是那個要如意下線的白妖精巡守嗎？

正發呆的時候，一閃銀光飛了過來，她看到了絕對不會在客塔出現的小精靈NPC，只見那小精靈焦急的繞著她上飛下飛，小嘴一開一闔，卻聽不見她說什麼。

「……要我跟妳走嗎？」如意呆呆的問。

小精靈拚命點頭，如意都擔心她把頭點掉了。她遲疑的跟著小精靈走，回頭看到那個勇敢的妖精巡守拔出匕首和巨豹纏鬥。

……是夢吧？一定是夢……她做了幾乎瀕死的夢境……眼前的這個小精靈，絕對不會是真的。

她跟隨著小精靈，逃到安全區。

過了一會兒，滿臉是血的妖精巡守跑了過來，氣喘如牛的倒在她身邊。「老天……差點死了……嗨，我是燦月。」她有氣無力的伸出手。

如意愣愣的跟她握了握，驚訝的望著自己的手。這應該是夢吧……？遊戲裡面怎麼握手、怎麼感受別人的體溫呢？

「的確是夢。」燦月像是可以看穿她的心靈，「這是個巨大的夢境。但是如意……不不，我或許該叫妳碧華。」

這個名字像是一道曙光，穿透了她的心。她已經好久好久沒聽到這個名字了……

「不，我不是。」如意蒼白著臉，突然暴怒的站起來。「我不是！」

「那麼妳是誰？」燦月稍稍恢復，眼神炯炯的逼問她，「妳是誰？妳真正的名字？如意只是妳在遊戲裡的一個名字！」

「我的名字……」如意呆了呆，她狼狽的轉頭，「我……」

「這是妳該看過吧？」燦月將自己的ＰＤＡ遞給她看，咄咄逼人的，「這個報導妳應該很熟悉……妳就因為這些報導逃避現實嗎？」

她瞥了一眼，就像看到什麼恐怖的東西，立刻掩面，「不！我不知道！我什麼也不知道！」

「這個人是……」燦月想要追擊，如意卻尖叫起來。

「我不認識他！我不認識他！我沒有花十四年愛這個自私無情的男人，我也不是碧華！這個男人有多大的成就都跟我沒關係，我也不認識他的任何情人！我沒笨到將所有青春都獻給他……」

如意開始哭泣，宛如珍珠般的淚水串串由臉頰撒落，「我沒幫他寫論文，我也沒幫他打理家務……我沒有相信他的每個甜言蜜語，我也沒見過他的情人們，也不曾相信她們只是他的讀者……我什麼都沒做……我什麼也不知道！不要問我……那些跟我都沒關係……」

她一遍遍的哭喊，像是回到那可怕的時刻。

她原本穩固安逸的小世界，就在有人揭發未婚夫腳踏多條船，欺騙許多女子感情的那一刻，徹底崩毀了。

所有的人都想知道她是誰，所有的記者都想知道她的錐心痛苦，她只能逃、逃出學校，逃出家門，逃進陌生的城市裡面，租賃了一個小房間。

她在那兒待到眼淚哭盡，幾乎繼之以血。

沒辦法繼續學業，也沒辦法離開家門——如果稱呼那個宛如囚室的地方是家的話。很偶然的，她收到一份寄錯信箱的遊戲光碟，開始在夢天遊蕩。

只有在夢天裡，她才能夠真正的遺忘、遺忘現實的一切。她只要專注電腦螢幕就行了……這世界的一切，都與她無關了。

原本可以永遠無關的。

「妳們以為妳們是誰？不要管我！我喜歡在這裡！我就是不要下線！不要再來煩我了！」她像是個瘋子一樣大喊，眼睛充滿血絲。

燦月卻只是低頭看了看PDA，裡頭是得慕費盡苦心找來的情報。「三年。」她豎起三個手指，「我比妳多撐了三年。直到我三十七歲才真正放棄生命……」

她感慨的呼出一口氣。「不幸女人的故事都差不多……男朋友劈腿，女人傷心到淚盡繼之以血。然後那個可恨的男人回來痛哭，說不能沒有妳……或者是指天誓地絕對沒有這回事，都是有心人的惡毒詭計云云；然後女人不捨過去的甜蜜，原諒了他，接著就是數不清的循環了……」

啊？原來……我也能笑著談論這種循環了。「妳還算好的，只被一個男人騙了。我可是被好幾個騙，屢敗屢戰欸。直到我心靈破碎、情感工作經濟一起破產，這才一時想不開，自殺了。」

燦月偏著頭看她，「我是個傻瓜。但是就因為我是個傻瓜……所以才不希望妳也一樣傻。就算周遭的人都背棄、卑劣、惡毒、自私、以妳的痛苦為樂，但也有陽光、溫暖、善良、溫柔存在。妳多久沒好好看看陽光了？妳多久沒有好好吃一頓？在這裡迷路……妳失去了多少呀……」

她溫柔的話語像是直達如意的心裡一樣，如意的淚緩緩流下，「……我睡不著，也不沒有胃口。」

燦月默默的翻撿包包，只找到一顆草莓。

「喂！那是我的午餐！」杜莎叫了起來。

燦月壓根不想理這隻煩人的蒼蠅，她將草莓遞到如意的嘴邊，「吃吃看。」

她有些畏怯的閃了一下，但是燦月卻堅持的舉著手。「吃吃看。」

顫著唇，如意閉著眼睛，接受了那顆草莓。

甜美的汁液淌了出來，帶著微酸的芳香。真的好久好久……都沒嚐到食物的味道……

都快要忘記這種感動了。

這樣的甜美，讓她記起了暖洋洋的陽光、碧綠的青草。湛藍長空飛逝的白雲，和一起做飯時，母親的笑容。

她握住臉，眼淚點點滴滴從指縫落下。「……我已經三十四歲了！我的青春……」

「人活著不是只有青春而已。」燦月溫柔的抱住她，「就算失去所有的一切，妳還有自己。那怕世界翻轉毀滅，只要還活著……妳還有自己。因為『自己』還存在，所以……妳還可以認識許許多多別人的『自己』。」

這些事情……直到失去了，才真正的了解。

如意抬頭，望著漆黑宛如長夜的克塔，像是幽深的墓穴。口腔裡的一點點甜，像是讓她領悟到些什麼，只是還抓不住。

或許，還有些什麼可以等待，不只是悲戚而已。

「我突然……有一點點累了。」如意全身泛出朦朧的白光，越來越模糊，「我突然好想好好睡一覺，真正的睡一覺；然後我想找個陽光充足的地方吃頓飯……餐後吃一盒草莓好了……」

這個季節，還有草莓嗎？

「我是該下線了……」她闔上眼睛，消失了蹤跡。

望著她消失的地方，燦月許久許久沒有動彈。她發現自己好羨慕如意。若是可以……

若是可以……

「妳說給如意聽的話，其實是想說給自己聽吧。」杜莎飛到她手上，死都不肯承認在安慰燦月。

「……」燦月站了起來，「我們該走了。路途還很長呢……」

「妳剛剛浪費掉我的草莓！妳要賠我三個唷！」杜莎很霸氣的伸出三根粉嫩的指頭。

「頂多賠妳兩個。三個？妳以為現在是什麼季節，有那麼多草莓可以找啊？」

「我不管我不管我不管～我要我的草莓～」

* * *

我下線了。

如意眨了眨眼睛，知道她下線，回到「碧華」的身分了。

比較讓她吃驚的是，她抬頭不再是充滿水漬的天花板，左右發出滴滴輕響的機器也不是她的電腦。

這是哪裡？她望著點滴，想要坐起身卻頭暈目眩，動彈不得。但是窗外的確陽光普照，連在陰幽病房都感受得到生之喜悅。

護士進來檢查點滴和氧氣罩，剛好和碧華四目相接。碧華望了她好一會兒，歉意的笑了笑，模糊不清的說了聲，「嗨。」

「……醫生！醫生！二〇五房的植物人醒了！她醒了啊！」

第四章

「妳好像一直沒有進步過。」杜莎跟在亡命的燦月後面飛，「一級到四十五級都一樣笨。」

「閉嘴！」燦月快要氣壞了，「妳不知道逃命很忙嗎?!笨蒼蠅，別擋我的路！」

「蒼蠅?!妳給我說清楚！」杜莎飛到她面前，氣急敗壞的，「妳居然說這樣可愛絕倫、天上絕無，地上無雙的我是骯髒的蒼蠅?!今天一定要妳給我說清楚！」

天啊～燦月慌張的揮手想把她趕開，天要亡我了……

「救命啊～」她絕望的叫出來。

完蛋了，這次一定跑不掉，死定了死定了……她寧可就此魂飛魄散，也不要當蒼蠅啊～

那隻白骨僕人的手骨搭到她肩膀時，她感到大勢已去……

咖啦啦，那隻死白骨垮成一堆，她也雙腿發軟的跪下。這實在太刺激她的心臟了……

「我一定……一定……」她上氣不接下氣的，「我一定要換個夥伴！」

「妳是該找個夥伴了。」清亮的笑聲從背後傳來，「怎麼每次看到妳都在逃命？」逆光中，閃亮的金髮下，是米迦勒燦爛的笑容和溫暖的手，「還站得起來嗎？」

燦月望著他，眼中滿是驚喜，然後頰上飛上粉霞，居然連話都說不出來。

「受傷了嗎？站不起來？」米迦勒蹲下來察看她的傷勢。

「不不不，沒有沒有……」他……他還記得我。這個事實讓她的臉頰更紅了。

「記得我嗎？」米迦勒的笑容比記憶中更溫暖。

「……大天使長，米迦勒。」燦月小小聲的說，不知道自己為什麼這麼雀躍。

「找我？有什麼事情？」他像是大哥哥一樣憐愛的撫了撫燦月的頭。

「我我我……」燦月慌張的擺手，「那是、那是因為……因為我要將裝備還給你。但是我密你的時候，你都不在線上。」

「我……我找你好久了……」

「喔。」米迦勒的眼神暗了暗，卻只有一瞬間，短暫得讓燦月以為只是自己的錯覺，

「那是因為，我開本尊守城。」

燦月呆了呆，原來銀月遊俠不是他的本尊……那就難怪了。應該也是等級很高的攻擊手吧……？「守住了嗎？」

「……有我在，沒有守不住的地方。」他的語氣很輕鬆，像是在討論天氣，那麼的理所當然，雖然不驕傲，卻充滿自信。

「別提這種無聊的殺戮戰爭。」他將燦月拉起來，「我可是常常聽到妳的消息呢。『燦月的營火』，嗯？據我參加過的朋友說，真的是非常有趣的。我也好想參加一次。」

打量了她的裝備，「二轉了？」

「嗯。」她有點不好意思，「我練得不快……」

「現在不是銀月的時代……妳很盡力了。」米迦勒又摸摸她的頭髮，「穿的盔甲還將就，只是……怎麼還在拿腰弩？」

「我在存錢了……」她小小聲的回答。燦月想到漫長的存錢之旅，不禁有些氣餒。

「我根本不是冒險者，我是該死的獵戶、商人！如果想存到足夠買裝備的錢，我就得去路邊擺個攤子賣我的獵物。你聽過勇者跑去當小販的嗎?!那算是哪國的勇者？」

米迦勒不禁笑了出來，他偏頭想了想，金髮在陽光下泛出奇幻的光芒。「嗯，妳不是要把裝備還給我？這樣好了，我們回城。我在倉庫等妳？」

燦月拼命點頭。說不出為什麼心花怒放。或許是……米迦勒是她在夢天第一個認識的朋友吧？每每在辛苦枯燥的狩獵時、眾人離去的孤寂營火邊，她常常會想起那頭金髮，和那張和煦的笑容。

她也不懂自己……為什麼會對一個虛擬人物這樣在意。

胡思亂想著跑進倉庫，米迦勒已經等了好一會兒。

「這些。」她把東西領出來交給米迦勒，慌慌張張的行了個九十度的大禮，把他逗笑了，「非常謝謝你，這些裝備給我很大的幫助……」

「看得出來，妳很愛惜這些裝備。」米迦勒欣賞的看著這堆擦得亮晶晶的武器和盔甲，又遞過一把殺氣騰騰的大弓，「妳會需要這個的。」

「不要。」燦月突然有些惱怒，「我不是要你的裝備才……我不要！」

「哎，燦月妹妹。妳看，這也只是我小時候用過的武器。白放在倉庫做什麼？」他溫柔的誘哄著，「妳不知道，武器都是有靈性的嗎？我想『她』蹲在倉庫哭很久了。瞧瞧，現在她多高興，高興到閃亮亮呢。借妳用，又不是給妳。等妳不需要了，再還給我吧……」

燦月還是頑固的搖頭。她甚至覺得有些沮喪。她並不想跟米迦勒凹裝備或武器。她想要的只是……只是跟他多說幾句話而已。

「……我並不是妹妹。」燦月的心情越發低沉，「我已經……」

「別別別，」米迦勒笑著搖手，「我不想知道妳的真正年齡。這裡是夢天，所有現實的一切都得擱下。貧富、年紀、相貌、地位，登入的時候就該拋在外面。妳等級比我低，對我來說，就是可愛的小妹妹。借武器給妹妹有什麼不對？」

「……我說不定是男的。」燦月抬起眼，定定的看著他。

「喔，性別也得拋在外面。」米迦勒摸摸她的頭髮，「妳是嗎？」

「……我的確是女的。」

米迦勒只是還她一個微笑。「拿去，算幫我一個忙吧。我留著沒有大用處……要一個遊俠去當小販又太為難了。」

燦月笑了出來，怯怯的接過那把美麗的卓越弓。「……謝謝。我一定會還你的！」

「我知道。」

兩個人相對無言了片刻，卻是很舒服的，安靜的片刻。

「今天市集很多人。妳知道的，假日都這樣。」米迦勒聳聳肩，「妳急著狩獵嗎？」

「呃，沒有啊。」燦月紅著臉拼命搖手，心裡大罵自己怎麼變得這麼呆頭呆腦的。平常不是很能言善道嗎？今天笨成這副德行！

「那……我有榮幸……」米迦勒的笑容突然凍結了，臉色陰沉了下來。在那一刻，燦月感覺得空氣似乎變冷了，像是所有陽光都被奪走一般。

「……我就來。」他喃喃著像是自言自語。沉默了好一會兒。

「抱歉，本來要帶妳逛逛奇岩的。」米迦勒又恢復了陽光燦爛的笑容，「但是臨時有事……」

「守城？」燦月試探的問。但今天不是攻城日呀。

米迦勒的眼神迷離了一下，嘴角彎起一絲耐人尋味的滿足，「……不，算盟戰吧。」

他塞了一片翠綠的翡翠葉給她。「拿著。如果想要找我，就吹響這片翡翠葉吧。不管我是什麼身分，都會找到妳的……」

……有這個功能嗎？她怎麼不知道有那種跨人物的呼叫指令……

「我知道了，你是ＧＭ！」燦月指著他叫了起來。

米迦勒大笑，將食指放在唇間，「噓……別弄丟了。」

摸了摸燦月的頭髮，他眼中有著幾乎看不出來的眷戀，「我真的很期待『燦月的營火』……總有那麼一天。」化成朦朧的白影，米迦勒消失了。

「……我會等你的。」

燦月摸著自己的頭，發呆了好久，呆到杜莎看不下去了。「……花痴發完了沒有？我真是個好人……居然都忍耐著不開口。原來女人發起花痴來是這樣的蠢……」

啪的一聲，杜莎讓惱羞成怒的燦月當蒼蠅打，打貼在牆上，滑了下來。

「……妳打我?!妳竟然敢打我！」杜莎跳起來，摀著鼻子，「我說的明明是實話！妳剛剛全身狂冒愛心小花的，害我的雞皮疙瘩到現在還不退！我說實話妳還打我～」

又是啪的一聲，這是杜莎被打貼天花板，頭昏腦脹的飄下來。

是說……杜莎……有些實話只能心裡想想，絕對說不得的……

「唷，戀愛……」冷不防背後傳來一句，刺激得燦月一跳，「哪有？我哪有！」

正準備施展她的穿顱手時……燦月瞪大眼睛，幾乎不敢相信。這個嘻皮笑臉的女法師……還對她擠眉弄眼的女法師……

不就是她耗盡心力趕回去的如意嗎?!

「妳妳妳……」燦月覺得腦門一陣陣發昏，「妳不是、不是……天啊，難道妳唬弄我？妳沒有下線?!」她的千辛萬苦到底成了什麼呀……

「我下線啦。」如意伸了伸舌頭，「清醒過來發現自己成了植物人，倒是不小的驚嚇。」

「……難不成妳回不了自己的身體?!」燦月緊張的揪著她，「一定有辦法的！一定有！我們找得慕商量看看……妳不能在這裡逗留……」

「為什麼？」如意拍拍她，「放輕鬆點，燦月小姐。我並不是笨蛋……好歹我也念到博士班好嗎？夢天出了什麼奇怪的事情了？沒有理由出現那麼多的植物人……當然也不可能更新到這種程度。這已經不像是個遊戲，而是個世界了。為什麼我不能留在夢天？我想知道答案。」

……好奇心真的殺死九命貓！燦月快氣歪了，她揪得更緊，「妳若不想變成那隻蒼蠅……」她指著飛來飛去的杜莎，「妳就乖乖下線吧！」

「果然不尋常對嗎？」如意將燦月的手鬆開，「她應該是白精靈新手村的守護NPC，不應該跟著妳飛來飛去。這裡出了什麼事情？在我身上又發生了什麼？我是事主，我有權知道！」

燦月兇猛的盯了她好一會兒，疲倦的抹抹臉。「妳要知道是吧？好……妳聽好，這已經不是正常的常識範圍了……」

她仔仔細細的將事情從頭說起，滿懷怒氣的。如意怎麼可能相信她？不相信也無所謂，只要她能夠平安離開就可以了……

這是個很長的故事，等她說完，一夜就這樣過去了。

「妳當我是瘋子也沒有關係。」燦月頹喪的低下頭，「求求妳，回去現實吧。若是可能的話……我希望可以回去！但是我永遠也沒有這個機會了……請妳一定要珍惜……許多人都失去了這個寶貴的機會……」

如意沒有正面回答她，只是默思良久。「……妳找到其他人了嗎？」

「……沒有。」她更沮喪了。「我找到妳是一種好到不能相信的運氣。但是我會盡力去做。」

「誅殺天使長？要討伐一個神？」

「想笑就笑吧。」燦月背起弓，「我總是會爬上傲塔九十九層樓，就算會在這世界煙消雲滅也必須殺了她。她的夢境一但崩毀，就能夠強迫伺服器關機。到那時……所有被拘留在此的人魂就可以回家了。」

「……傲塔沒有九十九層樓。」思考了片刻，如意這樣說。

「殺了巴溫就有了。殺了夢天表面上的大魔王就有了。」燦月按了按發燙的額頭，「妳不懂嗎？巴溫現在在替天使長看門！殺了巴溫才有直達的鑰匙……」

跟她說這麼多幹什麼？「妳趕緊下線回家吧！現實還有許多妳該關心注意的，而不是這種虛擬……」

「我要去。」如意這麼說已經讓人意外了，沒想到另一個粗豪的聲音也異口同聲。

燦月、杜莎和如意一起轉頭看著宛如鐵塔的半獸人勇士。他嚴肅的臉卻露出玩世不恭的笑容，「有這種隱藏關卡不去破怎麼行？算我一份。」他指著自己鼻子，「勿忘帕格立歐之心。我叫撒格兀。」

他很豪氣干雲的用粗大的手握過每個嬌小的手掌，甚至杜莎的也不放過。

燦月簡直要瘋了，一個如意就讓她搞不定，還冒出一個搞不清楚狀況的路人甲！「我們不是要去郊遊！先生，幫幫忙，哪裡有空哪邊站好嗎？你可以當我是神經病、不相信我的話，別瞎攪和了……」

「是個不錯的故事，不是嗎？」撒格兀放聲大笑，屋宇為之震動，「好吧，很難令人相信。不過……又怎樣？你們不是要去冒險嗎？身在夢天沒有目標的狩獵叫做冒險嗎？我可不認為！是，夢天最近發生了許多難以解釋的事情……又如何？我會在這裡是因為我想冒險，剛好妳們提出了一個高難度的挑戰。這就是我要的。」

他頗饒興味的看著這三個目瞪口呆的女孩。嗯，身在女孩子中間，果然有種華麗的氣氛……嗯，就算她們發呆的樣子也很華麗。

「……撒先生，你的問題等等再解決好了。」燦月臉孔發青的試圖說服如意，「聽我說，妳不能來，也沒有理由來。妳是十人之一，僥倖可以回到現實……妳在這裡，我完全不知道天使長關於妳的劇本是怎麼寫的！妳可能一不小心就再也回不去……這樣也沒關係嗎？求求妳，亡靈不好受，真的……妳看我跟杜莎……」

「現實是什麼？這裡不算現實的一部份嗎？」如意冷靜的安撫她，「我考慮過，我也猜想過……當然沒辦法推斷到這麼奇異，但是也略知一二。燦月，我不是『碧華』而已，我也是『如意』。我已經轉職成先知了，我對妳有用，對整個遠征隊都會有用的。」

「我知道……」

如意打斷她，「不，妳不知道。妳救了我。妳將我從那個悲哀的夢境裡喚醒……我也希望有所回報。」

「……這是我的任務，妳不欠我什麼。」

「這是妳的任務的話，那就是我的挑戰。我能不能……站起來的挑戰。」如意誠摯的看著她，「我若是這樣夾著尾巴逃回去……我將用一生來悔恨。妳若成功還好，若是失敗呢？我會一直想、不斷的想，若是當初我跟隨妳，是不是能多一點成功的希望？這樣的自己，我討厭。連自己都不喜歡自己，我怎麼站起來？」

「妳還有美好的未來。」燦月靜靜的說，語氣很平靜，也很絕望。「妳不該在虛擬裡虛度……」

「我已經虛度很多時光了，不欠這一點。」如意給她一個促狹的笑，「我發誓，若是遇到非常危險的時刻，我一定拔腿就跑。我一定、一定會飛快的強登。我是個夠怕死的先知，妳一定要相信。」

燦月疲乏的矇住臉，似乎找不到反對的理由。

「我也會保護法師安全的。」撒格兀突然冒出來，「保護美麗女團員的安危，是男人的責任。」看著燦月對他翻了白眼，他趕緊補一句，「當然美麗女團長的安危，也是我的責任。可愛的小精靈當然在內囉……」

「……你是戰士？」燦月已經沒力氣反對了。

「嘿嘿嘿……」撒格兀乾笑了一會兒，「算是。」

算是？燦月有種不祥的預感。

「哪個半獸人不是戰士？就算我是族長候選人也……」撒格兀一個不當心說溜了嘴。

燦月臉孔一青，他是霸主……好極了。一個沒有盟的霸主，一個根本上是獸人法師的「戰士」。

這種遠征隊伍很像是去送死的。

她真的能夠打倒天使長嗎……？還是拉著同伴去陪葬……？

一切都是謎。

愛惜的撫了撫弓，像是弓上還有前任主人的溫暖。米迦勒……他現實中是個怎樣的人？他應該有他的人生，他的未來吧……

說不定，她誰也守護不了。但是不去做，什麼也不會知道的。

「出發吧。」她站起來，有些無奈的。「我會盡力保護你們。」她低了低頭。

「這是我要說的，美麗的小姐們。」撒格兀深深的鞠了個躬，逗得如意笑了起來。

但是燦月笑不出來。對別人來說，這只是個遊戲，登出就沒有了。但是她永遠也無法登出。

這不是遊戲，而是搏命。而這是她這個亡靈盡力到魂飛魄散的任務。

廣大的天空下，道路沒有盡頭。像是她的旅程，也看不到真正的終點。

第五章

這個奇異的「遠征隊」（如意堅持這麼說）就這樣出發了。

成員都是剛二轉不久的「年輕人」，生嫩的先知，生嫩的霸主，還有個不怎麼有用的遊俠隊長，外加一隻更沒有用的小精靈，後來得慕的矮人工匠也來加入她們，讓這個小隊伍更雜牌軍化。

這在任何人眼中都是最差勁的組合，居然很巧妙的運作，開始往升級的道路走去了，甚至在營火邊還招募到一個害羞的主教（剛剛二轉不到五分鐘），和一個嘴巴像是縫了起來的聖騎士。

常來營火聚集的朋友對著這樣的隊伍不抱希望的搖搖頭，「……燦月，這不像是傳統的好隊伍。」

「……」燦月只能報以一陣深重的沉默。

「魔戒遠征隊的隊員可也不是什麼黃金組合。」如意舉起食指，「但你能說她們的遠征隊不偉大嗎？」

「噗，」撒格兀差點把嘴裡的茶都噴出來了，「我就知道妳是魔戒迷！遠征隊?!哈哈哈，真是夠蠢的名字……我喜歡！」

如意氣得舉起手裡的雙刀敲他的腦袋。「這有什麼好笑的?!」

燦月看著這群人吵吵鬧鬧，忍不住也微微笑了一下，旋即又讓疑慮壓滿了心頭。「……你們這樣天天瘋著出團……現實生活怎麼辦？我覺得，你們還是專心過現實的生活比較好吧……？」

「我已經跟學校請了很長的病假。」如意攤攤手，「我的情形……是很容易引起別人同情的。所以妳不用擔心我，我會有分寸的。」

「燦月，妳真是個好人欸。就算腦子有點問題也是好人。」撒格兀很感動的攬住她的肩膀，「妳不用考慮我……我的腿摔斷了，裡頭不知道打了多少鋼釘。我大約有半年的時間得躺在床上吧……這段時間妳不讓我上夢天，我是能幹嘛啊？」

如意張大眼睛，「……該不會就此殘廢吧？」

「不好意思喔，讓你妳失望了……我會痊癒。只是之前全世界亂跑，悶在家裡真是生不如死……男人若是不冒險，還叫做男人嗎？」撒格兀很有感慨，「幸好還有夢天可以冒險啊，不然日子怎麼過唷……」

「……冒險？」如意側著眼看他。

「不相信？妳可以查看看。我在現實的名字叫做……」他附在如意耳邊低語。

如意低頭思索了一會兒，「……你騙人！你不可能是那個攝影記者！他可是得了好幾個大獎……」

「嘖，就是幾個獎，值得說嘴嗎？」撒格兀打了個呵欠，「冒險才是男人的生命！我會選擇這個行業就是可以全世界到處跑、到處歷險哪！當然啦，美麗的女士也是我的生命……」

他一手攬著燦月，一手攬著如意，眼睛瞅著坐在旁邊的主教、得慕，肩上還坐著杜莎……說不出有多感動，「讓這麼多美麗的女士圍繞著我……真是超級華麗的氣氛！」他瞪了聖騎士一眼，「欸，你自動虛線化吧。你不算。」

不知道是燦月的那記拐子，還是如意那手俐落的雙刀穿顱，讓寡言到接近啞巴的聖騎士笑了。

「就是你這種花心蘿蔔，所以女人才會哭泣不已！」如意指著他罵。

「嘖嘖嘖，可愛的小姐，那妳就錯了。」撒格兀搖著手指，「我對女人是欣賞、喜愛，可沒有那種收納已有的心思。像我這樣的壞男人，是不應該到處讓女人哭泣的。讓女人因為等待浪子而痛哭思念，這絕對不是壞男人該做的事情！妳別拿那些冒牌壞男人來跟我混成一談，我可是會生氣的哩。」

「……我覺得撒格兀很好。」羞怯的主教擠出一句話，臉孔卻紅了。她叫做百合，躲避魔物追殺逃到營火邊，因為這個隊伍是這樣有趣，所以乾脆留了下來。「大家都很好。」

她的話不多，更多的時候都在傾聽。身為晚班護士的她，也選擇了跟她職業相仿的主教。

「看！小百合也同意我的話！小百合，我一定會盡力保護妳……還有隊裡所有女生。」他不大高興的看著唇角噙著笑意的聖騎士，「你！你除外。等你變性再說吧。」

名喚為翔的聖騎士笑意更深了。

「那得慕在現實的工作是什麼？」如意好奇的問。

正在賣力做銀箭的得慕有點慌張，她遲疑了好一會兒，「我、我是作心理諮詢的。指引別人要往什麼地方去……」她有些心虛。

只有杜莎笑到從撒格兀的肩膀上跌了下來，捶地狂笑。心理諮詢！得慕欸！她是舒祈的管家，可以說是人間管轄孤魂野鬼的第一人。她負責將上不了天堂也下不了地獄的孤魂野鬼分門別類放入舒祈的電腦中……號稱天堂地獄外的第三勢力。

心理諮詢！虧她想得出來！

覷著大家不注意，得慕扔出一塊精靈礦石，神準的打中了杜莎笑得大張的嘴巴。

「原來是社工啊……」大家嚴肅的點點頭，「令人欽佩的職業。那翔呢？」

聖騎士停下擦拭迷惑劍的動作，像是在考慮要如何開口。

跟他相處的時間不長，但是翔的話真是少到令人印象深刻。似乎只會說「走！」「停。」「跟來。」「是。」「不是。」

「禮儀師。」良久以後，終於等到他的真言了。

「禮儀師？」撒格兀疑惑的問，「這是什麼東東？」

如意倒是聽懂了，只是苦笑，她溫柔的拍著撒格兀的肩膀。「撒格兀，喜歡冒險的你若不當心點，翔隨時可以幫你服務了……」她對著翔喊，「欸，翔，將來撒格兀能不能打八折？」

「能。」他笑得更深了。

撒格兀轉了轉，「哇靠，什麼禮儀師?!就是師公啦！妳居然咒我死～臭如意，妳別跑！看我的催眠！」

的確如意中了他的催眠，但是撒格兀也中了如意的樹精之足。兩個人怔怔的相對發呆，誰也奈何不了誰。

眾人轟笑了起來，連心事重重的燦月都跟著笑起來了。

很奇特的隊伍，不是嗎？充滿了準博士、攝影記者、護士、禮儀師……甚至還有群「非人」。

不知道為什麼，對於這樣的雜牌軍，卻升起了一股莫名的信心。或許……他們真的可以挑戰神祇。

直到那天來臨。

＊　＊　＊

他們這隻遠征隊，從克塔畢業以後，到處遊走，在惡魔島狩獵了一段時間，又往伊娃的庭院常住了。

偶爾會有其他團員跟隨，但是都待不久。畢竟這個團隊升等不算快，也沒猛到哪裡去。跟那群想要快速升等、賺進鉅額財富的玩家相違背。

讓燦月比較訝異的是，他們隊伍裡算是最有企圖心的撒格兀居然也一直留下來，沒跟著別人離去。

「我喜歡這裡。」撒格兀很簡潔的的回答。

連翔都微笑點頭，讓她實在很感動。

雖然升得不夠快，但是他們也穩定的升上去，伊娃已經不太適合了。

「我們可能要移居亞丁了。」連等級最低的主教都跨過五十二級的門檻，燦月凝重的說。

「改打龍谷嗎？」如意問。

眾人沒有異議，紛紛整理行囊準備移居。要問他們為什麼這麼信賴這個遊俠……實在也不太說得出理由。隱約的知道，她肩膀上壓著難言的、沉重的重擔。知道她越來越沒有笑容……也越來越焦慮。

這片大地對遊俠並不友善，許多魔物都有抗弓屬性。作為隊伍裡面攻擊輸出最高者……她受到很大的限制。許多人喜歡燦月的營火，卻也私下規勸他們，「跟著燦月沒前途。」

但是遊戲裡的前途……是要用來做什麼的？

更大的「前途」不應該是……能夠放心的把背後交給能夠信賴的隊友，酣戰的對抗一切險阻、一切危險？

這個雜牌軍似的「遠征隊」做到了。

「……我不該拉你們跟我一起冒險。」燦月非常後悔。他們死亡的懲罰比別人嚴苛許多倍。別人或許只是幾個百分比的經驗值，他們卻可以掉到二十個百分比以上還不只。

天使長醒了嗎？還是說……她就算在休眠中也可以主宰這個世界的劇本？她無力，恐懼，並且非常憤怒。

「怕什麼？練回來就是了啊。」百合若無其事，「挑戰一個神本來就有風險，我不怕。有人怕了嗎？」

主教笑著搖頭，撿起她剛剛失落的水晶魔杖。

「怕還算是男子漢嗎？」撒格兀重重的拍了拍翔，翔讓他拍得跌出兩步，卻只是無聲的笑笑。

「又不是只有妳才能主宰隊伍的生死，笨蛋。」杜莎冷冷的趴在燦月肩上說。她絕對不是在安慰燦月喔。

輕輕的呼出一口氣。她是有了一群好隊友。的確……不再那麼孤獨。

「放輕鬆點……天使長本來就不好對付。」得慕跟在她身邊，小小的手拍了拍她。

「……得慕，妳都在這邊，不要緊嗎？」

「有什麼關係？」得慕聳聳肩，「舒祈會處理我的工作。我的時間……」她有些惆悵，「無窮無盡。」

「……其實妳不跟來也……」燦月的內疚更深了。在夢天裡，得慕也受人魂規則的管束，有一定的機率會因此魂飛魄散。

「我不跟來，誰幫妳做銀箭，誰幫妳做彈，誰幫妳做裝備武器呢？」她溫柔的笑笑，「是我們將妳送進來的，可以不聞不問嗎？請把我當作妳的後勤部隊吧。我，還有其他人，都是心甘情願跟過來的。妳無須內疚，無須遲疑。就做妳要做的事情吧……」

我要做的事情？她朝東看了看，知道看不到傲塔。但那就是她要去的目標。

「走吧。」她背起弓，「我們先進亞丁補給物資。今天休息休息，明天再往龍谷出發吧。」

他們在日落時進入莊嚴的亞丁城，來往的人群穿著華麗，攤子上賣的都是稀世珍寶，讓他們這群在荒野度日的鄉下人真是大開眼界。

甚至有不少座龍在城裡橫衝直撞，引起杜莎的歡呼和尖叫。

「妳看！燦月妳看！好可愛的小狗呀！」杜莎拉著燦月的頭髮，很興奮的叫著。

她回眸，發現是隻小小的幼龍。沒好氣的說，「那不是……」

「誰是小狗？我是龍！妳這隻笨蒼蠅……」蹲伏在廣場上的幼龍開口大罵，大大的眼睛射出憤怒的精光。

「誰是笨蒼蠅!?……欸？」杜莎獃住了。

事實上，燦月也跟著獃住了。「……你……你會說話？」她蹲下來看著那隻幼龍。

幼龍遲疑的抬頭望她，「妳……妳聽得懂我說的話？」大眼睛湧出晶瑩的淚水，「大姊姊、大姊姊！我要回家啦！我要回家啦！我不要當幼龍，我要回家～」他衝進燦月的懷裡，放聲大哭。

……她又找到一個了。糟糕的是，他變成幼龍了。

「笨豬，你在幹嘛？」冷冷的女聲響起，粗魯的拖起幼龍，「真不知道養你做什麼?!食量跟豬一樣，咬怪咬不痛，養又養不大，要等你可以騎的時候，真不知道何年何月……」

幼龍掙扎著，「放開我！放開我！我要回家，不要拉著我的項圈！大姊姊，救命啊～」

「小姐，等一下。」燦月阻止了那個粗魯的女戰士，「……妳的幼龍……賣嗎？」

那位身穿燦亮戰甲的女戰打量了她一下，「我不賣。」有些鄙夷的看看燦月破舊的衣著，也就那把弓稍微可以看吧？「妳也買不起。」

「喂！那不真的是龍啊！那是一個人，小姐，妳講講道理好嗎？」杜莎氣得飛起來，激動的大跳大叫。

女戰當然聽不懂杜莎的話，卻張大眼睛，「夢天可以養小精靈？真可愛……」她試著抓住杜莎，杜莎卻像是一道閃亮的星光，飛到燦月的頭髮裡，警戒的只露出一顆小小的頭。

「……我不賣龍，但是可以換。」女戰指著杜莎，「我要換那隻小精靈。」

「對不起，不能。」燦月很快的拒絕了，但是幼龍抬起淚光閃爍的眼睛哀求的看著她，「……除了杜莎，還能夠換什麼？他應該是隻星幼龍吧？星幼龍對妳用處不大，只要我能力所及……」

「我只要那隻小精靈。」女戰很頑固。

「杜莎絕對不行。」燦月堅定的看著她，「就算我說好，跟妳換了，杜莎妳也指揮不動。她是屬於她自己的，並不是寵物。」

「……終於聽到妳說了句人話。」杜莎眼角有著欣慰的淚珠。

燦月用了一記硃砂掌回答她。

「……妳又把我當蒼蠅打！妳這隻驢子！」頭昏腦脹的杜莎對著她大跳大叫。

女戰狐疑的看著他們兩個打架，心裡有點動搖。看起來，那隻小精靈不是能夠指揮的……

低頭看了看狼吞虎嚥的星幼龍，她很肯定，非常肯定這隻「豬」幼龍會讓她傾家蕩產。

「妳非要這隻星幼龍不可？」女戰感興趣的問，「如果妳要買，買隻黃昏幼龍比較理想。」

「我就要那隻。」燦月將杜莎一扔，「……妳賣嗎？」

「我不欠錢，所以不想賣。」女戰考慮了好一會兒，「但是妳若拿兩隻黃昏幼龍來，我跟妳換。」

……燦月沒有那麼多錢可以買兩隻黃昏幼龍。

「妳可以解任務看看。運氣好的話，說不定會有黃昏龍。」女戰拖著星幼龍的項圈，「妳隨時可以找我，日落時我都會在亞丁附近。」

呆呆的望著女戰離去，燦月心裡充滿無力感。「杜莎。」

「幹嘛？」她沒好氣的飛過來。

「妳試著去喚醒那隻幼龍，叫他快快回去吧。」

「知道了。」她飛快的穿越人群。燦月心神不屬的在階梯等著，她的隊友們在廣場穿梭，有時候看得到，有時候看不到。

解任務？為了不浪費時間，許多任務接了就接了，她沒去解過。打開PDA，的確有相關的任務……或許不難，但是很遠，而且解到的未必是黃昏幼龍。

「燦月，」杜莎回來了，「他果然是十人之一。人物死亡之後轉生，很倒楣的轉生為星幼龍。」

「他不能登出嗎？」

「不能。」杜莎搖頭，「轉生以後他的界面已經改變，沒有可以登出的鈕。」

燦月呻吟了一聲。「我應不應該慶幸？最少他沒轉生為護衛天使。」

杜莎低頭了一會兒，「……其他人……我們大約不用找了。」她的聲音細細的，帶著絕望。

燦月驚訝的看著她，全身緊繃。

「……那隻星幼龍……跟著主人去討伐過巴溫。他親眼看到有九個護衛天使。」

九個?!那表示……就剩下如意、杜莎，和星幼龍？

「我們一定要救他。」杜莎抬起小小的頭，懇求著。

「……我會救他的。」燦月許下了承諾。

第六章

燦月集合了所有人，有些凝重的看過去。「天一亮，你們就先去狩獵吧。我還有些事情要辦。」

如意驚覺的看著她的凝重，「……出了什麼事情嗎？」

「……」她一直不願意對這些信賴她的隊友隱瞞，簡潔的說明了發生的事情，至於隊友相信或者不相信，這她不管。

「也就是說，妳想要黃昏幼龍嘛。」撒格兀很無奈，卻是一種寵溺的無奈，「簡單說就好了，何必編這麼一大串？我陪妳去啦。」

燦月也覺得很無奈。但是……就解個幼龍任務，應該不會有什麼問題吧？「……要跟來就跟來吧，只是會耽誤你們修煉的進度……」

「我又不是在工作。」撒格兀搭上她的肩膀，「還排進度表？」

他依舊挨了一記拐子，還有如意的雙刀穿顱。「永遠學不乖的男人。」如意瞪了他一眼。

撒格兀摸著疼痛的頭頂和胸膛，咧嘴笑得很開懷。

庫伯算是很好找的，遠征隊一行人很順利的找到庫伯，燦月上前詢問。但是得到的答案卻跟攻略上面不一樣。

解幼龍的任務起點，得先找到奇岩的寵物管理員，庫伯。

「妳若想得到幼龍，得直接去找孢子之海附近的隱之谷。只要打敗了守門的任務NPC，就可以跟飛龍艾薩里恩交談。」庫伯笑笑，眼睛裡頭卻有種難解的光芒。

「……這跟別人的任務不一樣。」燦月喃喃著。

「不然呢？弒神者。妳認為妳應該跟別人相同嗎？妳的劇本和別人就不應該相同，連帶妳那褻瀆神明的隊伍。妳當然不同……地獄才是妳和妳那該死的隊伍要去的地方。」庫伯的聲音變得空洞、縹遠，充滿一種令人恐懼的莊嚴和殘酷。

「……妳不是庫伯！」燦月搭弓上箭，「天使長！妳不該違背『規則』寫出這樣的劇本來！」

庫伯忽然全身冒出金光，遠征隊的每個隊員都驚恐的發現睜不開眼睛，大地鳴動顫抖，劇烈搖晃，燦月射出的箭無力的在天使長化身的庫伯之前落下，化成一團黑色的火焰。

庫伯的外型漸漸褪去、消逝，取而代之的是天使長模糊卻巨大的身影，閃著強烈白光的六對翅膀舒展，聲音像是在每個人的腦海裡來回震盪、爆發，「我，就是規則！」

白光吞噬了燦月，天使長絕美、莊嚴，帶著無上威勢的臉孔湊近了燦月，「弒神者。**妳連我虛幻的夢影都只能顫抖不已，妳又能怎麼樣？無力的人魂，無用的渣滓！蟲蟻也妄想破壞我的世界？**」

燦月像是全身的力氣都被抽乾了，腦海裡的思緒破破碎碎，組織不起來。她讓恐懼與無力感擊倒了，什麼也想不起來……

只有一個微弱的影像，一張幼龍的臉，卻有著人類充滿感情的眼睛。他的淚。他要回家，大姊姊，我要回家。

她突然笑了起來，笑聲越來越大。「……來啊。天使長。妳若願意，根本不用恫嚇我。只要伸出一根小指就可以將我揉碎。來啊……妳無須耍這些無聊的小把戲……妳很虛弱吧？虛弱到必須耍這些把戲。妳很害怕吧？妳害怕弒神者的到來！我一定會將匕首伸到妳的頸項下，結束妳造成的歪曲！妳等著吧！」

她奮力抽出小刀，眼前的幻影一分為二，噹的一聲，她砍在NPC上面，庫伯又只是庫伯了，一個安靜的NPC。

她粗喘著坐倒在地。身後的隊友靜悄悄的，都驚呆了。

「哇嗚，」撒格兀擦了擦額頭的汗，「夢天的動畫真是越做越逼真了，我緊張到滿手出汗哩……」

「要不要緊？燦月？回答我呀！剛剛她是不是傷害妳了？她是天使長，對不對？燦月！」杜莎驚慌的摸索燦月的身體，試圖找出不存在的傷口，眼睛充滿了眼淚。

「……我沒事。」燦月晃了晃頭，想要甩開暈眩。

「她沒事啦，杜莎……」撒格兀很想笑，但是他的笑容卻凝固住，取代的是恐懼，

「……老天！妳會說話？妳居然會說話！天啊！是我要瘋了還是怎樣？我聽到杜莎說話了！」

如意的臉孔蒼白的跟紙一樣，「……別擔心，我們也都聽到了。」

百合害怕的靠近翔，悄悄的抓住翔的袖子，他沉默寡言的臉孔出現了一絲安慰的笑意，安撫她。

「……是我聽錯了，是我們聽錯了，對不對？」撒格兀喃喃著。

「我一直會說話。」杜莎突然悲從中來，「我也曾跟你們一樣，是活生生的玩家……」她嗚咽的哭出聲音，趴在燦月的身上。

「原來這一切都是真的。」撒格兀惶恐起來，「原來燦月說得一切都是真的！天啊，傳說和神話居然透過這樣奇異恐怖的方式出現在我面前！誰會相信躺在病床上還會有這等事情！」

「這一切，都是真的。」如意喃喃著，深深的吸了一口氣。

稍微恢復精神以後，燦月疲憊的抹抹臉，「我沒有隱瞞。請你們察看一下，登出鍵還在不在。當然……你們可以選擇，現在還可以選擇……其他伺服器還沒有問題……」

「跟妳。」翔依舊寡言，只是他的寡言像是股安定的力量，撫慰了所有人的惶恐。

覷了翔一眼，百合像是因此得到了勇氣，聲音很小的，「我也是。」

得慕笑笑，安慰的拍拍燦月的手。

「妳不用問我，我是事主。」如意舉起雙手，雖然依舊臉孔蒼白，但是卻恢復了笑容，「妳別想撇下我。我的登出鍵還在，如果妳很關心這個的話。」

「……我到現在，還覺得害怕、恐懼。」撒格兀搖著頭，「老天，那個女人……那個神。她的存在真的是……像是夢魘的總和，我簡直想趴在地上乞求原諒。我怕，真是怕得要死……」訴說著恐怖，他卻湧起玩世不恭的笑容，「但是也另外有種感情，一種熱血沸騰的感覺……這才是冒險！天啊，我過去居然胡亂使用這個詞兒……我當然要看到最後！我可不想在這奇異的傳說裡頭缺席！」

「不會有人記得我們。」燦月悲哀起來，「不會變成神話、傳奇，也不會有人歌頌。這一切都會被遺忘……不管我們成功與失敗。不會有任何報償……你們要仔細想想。」

「無妨。」寡言的翔破例開口了，「己知即可。」

「對，我們自己知道就可以了。」如意的臉孔不再蒼白，反而讓興奮的霞紅占據了，「我們自己知道。」

燦月翹首望天。天空清澈泛紫，星光閃閃。月已偏西，而晨光就要來臨。

「我要救他。救那個困在星幼龍的孩子……」她深深吸口氣，「請幫助我。因為我一個人什麼也辦不到。」

＊　＊　＊

他們沿著道路疾走，抵達歐瑞城，到處打聽隱之谷。

但是得到的訊息少得可憐，幾乎沒有人知道隱之谷在哪裡。但是打聽到了飛龍的座標，和如何上去山坡的方法。

遠征隊又沉默的往飛龍處前進。根據天使長給予的微薄提示，應該就在飛龍附近。但是一離開歐瑞城，靠近孢子之海……

他們幾乎不敢相信眼前的景象。

排列整齊的里多蜥蜴人大軍，黑壓壓的一片，像是看不到盡頭一般，宛如潮水般聚集。

「天啊……」撒格兀倒抽一口氣，「我們……要殺進去？」

「他們殺過來了。」燦月舉起手上的弓箭，「小心！」

這是一場可怕的混戰，洶湧的里多蜥蜴人一波波的襲擊而上，他們只能圍成一個圓圈，將法師們保護在內，不斷浴血奮勇，治癒術的光環不斷的閃爍，刀尖箭梢的閃藍不斷，卻無法讓盲目的魔物稍稍畏怯。

即使這樣的險惡，他們還是盡量維持著隊形，緩緩的往山壁移動。但是彈藥將盡，而法師們的法力也即將耗盡，眼見滅團的厄運就要降臨時……

空間突然扭曲變形，他們跌入一個奇特的空間，蜥蜴人大軍看得到他們，卻被隱形的牆擋住，只能徒勞無功的碰撞，咆哮。

「我們得救了。」如意坐倒在地喘息著。

「不，我們糟糕了。」燦月看著眼前恐怖的影像，徒勞的舉起弓箭。

眾人回望，不禁倒抽一口氣。從平視的角度只能看到銀光閃爍的腳踝，往上看……往上看……是碩大無朋的天使。

三個伸展著巨翅，顏面籠罩在頭盔陰影下，看不清楚表情的護衛天使！他們緩緩的站定，抽出雙手巨劍，將劍在面前豎起……然後猛烈揮下。

驚叫的隊友們四散逃開，巨劍在地面上留下深刻的傷痕，一人高的傷痕。

「這是什麼鬼?!」撒格兀狂叫，「媽的，去！」他施展了約束封印，希望阻止天使們瘋狂的攻勢，卻引起天使的憤怒，他們揮動巨劍，似乎就要殺了他……

一隻破空而來的箭矢穿透了天使的手，形成一個巨大的傷口。燦月搭弓，說不清是憤怒還是害怕，「來啊！衝著我來啊！我才是你們的目標！我是弒神者……你們尊貴的主人將死在我的弓箭下！」

她不敬的言語似乎激起所有天使的怒氣，一起擊向她。她發揮了精靈的特長，輕靈的在巨大的天使之間穿梭。對著如意怒吼，「登出！如意，快登出！他們也要妳……別給他們機會！」

「……我登出就滅團了。」她深呼吸，趕緊平靜下來……她不能慌亂。身為輔助系的人，是沒有慌亂的權力，她不但沒有登出，反而坐下來回魔力，「我們都不能慌……因為我們沒有慌張的權力……」

百合看她坐下，她也跟著坐下，閉上眼睛開始祈求，祈求魔力快快恢復。

逃出性命的撒格兀和翔對看一眼，圍在法師的前面，決定死守了。得慕沉默的抽出長槍，也打算力拼到底。

是，我們沒有慌張的權力。燦月大大的吸了口氣，「杜莎！過來！她要我們兩個……我們必須給同伴爭取時間！」

杜莎不知道因為恐懼過度而產生勇氣，還是因為勇氣忘卻恐懼，她奮起小小的翅膀，在碩大恐怖的天使之間翱翔、穿梭。她和燦月往反方向遊走，打亂了天使們堅固的隊形。杜莎的勇氣有了回報，相對她的嬌小敏捷，天使們的巨大反而顯得笨拙。終於在一次失誤中，一個天使腰斬了另一個天使。

燦月發出勝利的歡呼，卻旋即恐懼起來。那腰斬的天使居然飄在半空中，不一會兒就恢復完整。

「怪物！」她伸手在箭袋中抽出三支箭，連環射向那個恢復完整的天使，穿破的巨大傷口卻馬上癒合了，天使的劍掃中她，雖然已經勉強避開，卻讓巨劍帶起的狂風刮得飛起來，撞上堅硬的山壁。

暈眩的她心頭發冷，體內的血越來越少，恐怕承受不住下一次的攻擊……

天使發出尖銳的戰嚎，幾乎要震破她的心靈，將她所有的血都搾乾了……一道柔和溫暖的光芒籠罩她，那是終極治癒術。

一向怯生生的主教百合，居然發揮了最大的勇氣，離開戰士的保護，將治癒的光帶到她面前了！

憤怒的天使將巨劍轉向百合，卻筆直的插入翔的胸膛……同時讓翔的迷惑劍擋住了。

「翔！」讓他護衛在後的百合尖叫，「不要……」

他只回以溫柔的微笑，開啟了極限防禦。在天使將劍拔出回防時，他也將劍豎在面前，無畏無懼。「別動。」

燦月大口大口的呼氣，她的憤怒完全爆炸了，「不要動他們！別動我的人！你跟你們的主子都去死吧！」她射出非常挑釁的一箭，忘記了自己的死亡將是煙消雲滅，忘記了一切……

只有爆發如火山的憤怒、悲哀，和不屈。她發箭發到手臂酸軟，眼睛發澀，逃跑到腿是那麼的沉重，沉重到接近抬不起來……

她看到撒格兀努力的保護如意，看到杜莎瘋狂的引開天使，她看到得慕獨自面對天使，無畏的遞出銀槍，就只為了替他們爭取一點時間。

沒有人逃，也沒有人想走。在這樣恐怖的艱困中，每個人都盡力，盡力讓整個團隊活下去。

「不要碰我的人！」她舉起最後一根箭，射了出去。絕望的拔出匕首，準備酣戰到死那刻為止……

就在死亡在頭頂宛如禿鷹翱翔的那一刻……

一隻滿懷怒氣的銀箭破空，射穿了三個天使的身體。

「別碰燦月。」米迦勒的眼睛閃著冰冷的憤怒，「誰也別想碰她！」

「……米迦勒。」燦月突然垮了下來。她現在才發現，剛剛壓在肩上的重擔是多麼沉重，多麼沉重。

「退！快進入隱之谷！」米迦勒奮力彎弓，「燦月，快走！」

他的銀箭射過，原本顯得那麼無敵的護衛天使雖然癒合的傷口，卻黯淡許多。

「我不能拋下你！」燦月大叫。

「走！我會有我的辦法！」米迦勒引開了天使群，「妳有隊友要照顧，快走！」

我的隊友……燦月驚醒過來，握著嘴，強迫自己不能哭出來，她攙扶起動彈不得的翔，領著隊友，往著洞穴深處撤退。

米迦勒……你別死。我不知道是不是所有跟我相關的人都被修改劇本了……但是我不希望你死，米迦勒……

「我們不能這樣拋下他！」如意掙扎著。

「我們得先走！」燦月的淚終於落了下來，「我們得先回血回魔。然後回來……回來復活他。我們先活下來，他才真的有希望……」

倉皇的遠征隊往洞穴深處撤退，好不容易喘了口氣，準備坐下回血回魔的時候……黝暗中，出現了令人寒顫的冷光。三個巨大的天使，緩緩的從黑暗中顯現。

「不，不要，不要這樣……」燦月淚流滿面，絕望而痛苦。她知道，不知道為什麼知道，她就是知道……這三個伏兵和門口的那三個不一樣……

到底要到什麼時候才能夠終止這樣的厄運？誰能告訴她？

他們兵乏馬困，血和法力幾乎都見底了。輪番惡戰已經搾乾了他們的精力和意志。但是宛如惡夢般無法清醒。

接過得慕遞過來的銀箭，她怒吼著射了出去，缺乏技能的箭卻虛軟的掉到地上。她擁有的法力也消耗殆盡了。

若是滅團了……米迦勒還有什麼希望呢？她握緊匕首，他們還有希望嗎……？

「……污穢的虛影，受咀咒的非邪。你們在飛龍的領域做什麼？」冷冰冰的，像是鑼鈸擦過堅硬岩石的聲響，在最深處響起，「逸脫規則之外的邪惡，給我消失！」

一蓬宛如強烈日照的光亮，讓每個人都盲目了。金黃、銀閃、碧青和火紅，夾雜著各式各樣的顏色，奇異的歸屬於純淨的白，他們的頭髮都因為熾熱的火風高高飄舉，目瞪口呆的看著護衛天使像是滴融的蠟燭一樣，消逝無蹤。

剛剛那樣近乎無敵的護衛天使，卻因為一蓬奇特的火焰消失了。

短暫的光盲過去，所有人又恢復了視力。但是注視黑暗時，還有著眩目的彩光。

「哈。」一小蓬火焰和煙霧冒起，在黝暗中，一雙碩大的瞳孔圓睜，像是貓眼石般變換著光彩……跟黃金一樣澄黃，跟鑽石一樣璀璨。

每一步就是一陣莊嚴的震動，大地似乎是雀躍的歡迎這位尊皇。

當他們適應了黑暗，也真正看見這位尊皇的長相。他很高……或許比不上天使的高，卻比天使還具有堅實的內在。他尖利的獠牙突出嘴外，大約有燦月的前臂長。

有著豹子優雅的曲線，卻有著狹長而寬闊的飛翼。他昂揚的頭有著尊貴的角，注視人時……那雙類似爬蟲類的瞳孔，卻裝盛著漫長人世不能及的古老智慧。

古老的像是地心，或者是太初的一切。

一隻龍。一隻王者風範的飛龍。跟死亡迴廊飛舞的亞龍一比……亞龍就像是他拙劣的仿冒品，連萬一都無法形似。

「哈！」像是呵欠，又像是嘲笑，龍的嘴邊飛出一蓬煙霧和火焰，「所為何來？諸者？學者、冒險家、治療師等……與非人。何謂汝等所求？」

「飛龍艾薩里恩大人。」燦月極力想要記起所有的禮儀，「我們前來求懇你的幫助。」

「哈！」龍之王者真正的露出笑容，饒有興味的看著這個小小的遊俠，「非人，我並非艾薩里恩。吾乃唯一真龍，乃創世以來第一個生物。當創世者忙碌的編構咒文陣時，召喚吾自西之彼方前來定居。」

像是一陣雷鳴打在燦月的身上，她張大嘴，覺得全身的冷了起來。「…至壽者，凱拉辛？」

還給燦月的是一串響亮如戰爭號角的豐厚笑聲，在整個隱之谷迴響。

「那、那是……那是地海的……這怎麼可能……」如意一軟，撒格兀扶住她，她戰慄的抓住撒格兀，全身簌簌發抖，「……我們真的闖入傳說和神話的境地了。」

第七章

「米迦勒。」渡過危機以後，燦月警醒過來，「我們得回去救米迦勒！」

「非人，耐性，耐性。吾之谷內除汝等外，既無其他生物，亦無任何屍體。」龍像是要安慰她一樣，用碩大的鼻子輕輕頂了頂她，雖然這麼輕，她還是被頂得倒退好幾步。

「他可能有祝回*。」撒格兀呼出一口氣。

聽起來很合理，燦月緊懸的心才放了下來。卻又陷入漫長的沉默，帶著疑問和寬心，在龍與遠征隊員之間瀰漫著。

---

*祝回：這是借用網路遊戲天堂二的設定，全名是「祝福的回城卷」。因為天堂二遊戲設定普通回城卷的使用需要施法時間，但是祝福的回城卷卻可以免除施法時間，瞬間回城。

「你不可能是凱拉辛……」燦月喃喃著，「凱拉辛是『地海』系列小說出現的龍。不管是現世還是任何地方都不會有你的存在……」

「此為現世乎？」龍又噴出小小的焰苗。「然也，非人。吾非凱拉辛，卻又是凱拉辛。」

跟龍說話像是在猜一個巨大的謎語一般……燦月似乎有些糊塗了。她沉默，但是沉默中卻有超於語言的力量與龍溝通。

在一團迷霧中……她看到閃亮的螢幕，只是一片空白。一個人……看不出是男是女，面對著螢幕沉思。翻得破舊的「地海孤雛」覆在一旁，她（或他）微笑，輕輕的呼喚，「凱拉辛……為我守護這個尚未命名的世界吧。」

她（或他）辛勤的在螢幕之前工作，敲下難解的程式語言，在空無一物的空白中，至壽者應召喚而來。

更多的人們在螢幕前工作，更多的程式語言宛如迷宮般架構、推演，相互支援或衝突。大地被升起，海洋注滿浪潮，各式各樣的魔物和NPC出現在出生不久的大陸上……

那個最早被創作出來的古老生物，睿智的存在，覆蓋在一行行的程式語言之下，卻依舊獨立運作著。眾人遺忘他，他卻依舊遵循著創世著的初衷，沉睡著，守護著。

直到現在，必須清醒的現在。

「一個熱愛地海的程式設計師創造了你，將你命名為凱拉辛，要你守護這個世界。」燦月喃喃著。

「接近，非人。非常接近。」凱拉辛拉彎巨大的嘴角，像是在微笑。「構成這個世界者為何？」

燦月有些不知所措，實在是……她不太清楚。「程式語言？零與壹的組合？」電流穿過就是壹，阻斷電流就是零。最早的電腦語言就是這樣……她還殘留的知識也到這裡為止。

「明與非明為何？程式語言與咒文陣有何差別？萬理歸一，汝等難道脫離明與非明？」

燦月猛然站起來，覺得腦門疼痛不已，卻像是抓到些什麼。其他的人卻只是茫然的看著龍和隊長，聽不懂他們的啞謎。

龍對著他們寬容的輕笑，像是寬容幼小無知的孩童，「汝等……咳。我用你們能夠了解的語言。省得還得費心推敲。我是古老的生物，非常非常古老了。遠在世界存在之前，一切存在之前……」

「謝謝你，至壽者。」燦月彎了彎腰。「至壽者，若是創世者讓您守護這個世界，為什麼不能將不遵循規則的天使長排拒在外？她造成了這個世界和真實的恆久傷害，這傷害甚至巨大到可以侵害到現實！為什麼……」

「咀咒那些規則之外的無知偽神，咀咒那些冒瀆者！」凱拉辛突然發怒了，「破壞這些規則，毫不在意的隨自己喜好玩弄，像是在操弄邪惡一般！我願那偽神直達地獄的熔爐，燒乾她全身的血液，哀號至死方休！」

他的怒氣像是火藥一樣爆炸，粗大的尾巴不斷甩動，輕易的將堅硬的山壁像是蛋糕碎片一樣摔打下來、紛紛掉落。每一次震動，全體隊員就被震跳一次。

好不容易他的憤怒平息了（其實他很壓抑，沒讓火焰大蓬的噴出來燒焦所有的人），「非人，我不能行外於規則之事，不似那些冒瀆者、那些偽神般無畏無懼。我服膺創世者的旨意，也誓言奉行規則。我雖掩蓋在一切表象之下，卻是最後一道防線。只要來尋我的勇者……都將獲得我的協助。只要勇者誓言護衛規則。」

燦月堅決的說，「我就是為了要護衛規則而來……」她心裡一點點小小的疑惑突然閃亮，光耀。「至壽者，你好像也沒那麼奉行規則嘛。」

突然有點想笑，「天使長的劇本裡頭並沒有你。應該是飛龍艾薩里恩在這裡才對！」

「哈！」分不出是讚賞還是自得，凱拉辛的笑帶著火焰和煙霧，「偽神不知道我的存在。不知道諸龍皆是我族子。隱之谷從未出現在世人之前，她偶爾發現了，誤以為萬無一失……卻沒想到是我沉睡之處。即使所有規則盡為她所知，卻無法得知隱藏在諸規則下的龍！」

燦月笑了起來，對著凱拉辛霎霎眼，那龍也瞇起一隻巨大的瞳孔對她微笑。絕對不是這麼簡單……這隻龍……這個睿智的古老生物，不知道是怎樣暫時忘記了「規則」，將天使長玩弄在股掌間。

「咳。」他肅穆容顏，「我雖然不能直接與偽神對峙，卻能夠在規則內給予你們幫助……」

他噴出五彩的火焰，火焰中像是有著精靈在歡呼、雀躍……然後席向所有人！

這光燦的火焰讓隊員們都大吃一驚，旋即發現這火一點都不燙，甚至有些冰涼，像是夏末的微風。他們穿戴的盔甲和武器，在這五彩光焰中現出更耀眼的符文，閃爍、隱沒。

當光焰消失，他們的武器和裝備像是承襲了那火焰的餘暉，依舊在幽暗處閃著柔和的光芒。像是花了成千上萬的武捲防捲*，他們的武器裝備飆破了所有的神兵。

「……這也在規則內嗎？」燦月大驚失色。

「然也。」凱拉辛，「原本是為了管理神人所準備的。可惜管理神人並不具備應有的智慧。」

「去吧，勇士們。希望規則回歸之時，我們能夠再見。」眾人被瞬移出去。

只有燦月留在黑暗中。她抬頭，眼中滿是脆弱。「……我怕規則回歸，這世界也會崩毀。」

「若是如此，亦是天命。」凱拉辛平靜的對她說。「非人，妳為何如此哀傷，心裡充滿眼淚與悲痛？妳不是知道了自己的命運，所以拿起弓奮戰至今？」

她垮下肩膀，「……凱拉辛，其實我是個庸懦無能之人。就因為如此庸懦，才會因為挫折結束了現實中的生命。即使面對天使長和護衛天使的幻影……我還是害怕得雙腿直抖，只想轉身逃跑！是因為我的隊友……他們信賴的眼神……這才讓我勉強撐住了。我不是當英雄的料！我從來都不是當英雄的料……我好怕會讓他們失望，我也怕會讓自己更恨自己！我怕我做不到……我怕不管虛擬或現實都因此崩毀，崩毀在我的懦弱之下！得慕選錯人了……」

凱拉辛用大大的臉頰親暱的擦擦她，粗礪的像是沙紙，卻讓她很得到一些安慰。「妳為何如此奮戰？原本妳有許多選擇。」

她愣了一下。沒錯，她在這個世界如魚得水，她可以有其他選擇的。她若不想聽得慕的命令，沒人拿她有辦法的。但是這個念頭從來沒來到她的腦海。

或許是因為杜莎，或許是因為如意，或許是幼龍那張楚楚哀告的臉。

「……我想讓他們都能夠回家。」她的淚水不斷的湧上來，「我不能回家了，沒有了，連身體都沒有了……但是我希望其他人能夠回家，他們應該可以回家……」

她趴在凱拉辛的身上，痛痛的哭起來。像是整個心都劇烈顫抖，頭一次，她誠實的面對自己，了解自己的想法。她從來不是為了別人……而是為了安慰自己。拯救別人就像拯

＊某些遊戲設定「武器強化卷軸」、「防具強化卷軸」來強化武器和防具的數值，但是有一定程度的失敗率。通常這類道具的虛擬價格不斐。

救她自己。因為對自己的懊惱和無能為力，所以才更奮力的拯救和自己處境相當的人。

「甚好，非人，甚好。」凱拉辛將身體蜷起來，將她圈在自己碩大的懷抱裡。龍的身體溫暖如火爐，充滿了生命力和嚴正的寬和。

這場痛哭，像是洗滌，洗滌了她的痛苦和遲疑，也讓她看清了眼前的道路。

她和凱拉辛談了很久很久，用「心」談，無需言語。

* * *

被瞬移出去的時候，突來的光亮讓她適應黑暗的眼睛眨了眨。

光亮處，她的隊員們焦急的等著她。

「沒事吧？那隻龍留住妳幹嘛？他沒對你怎麼樣吧？」杜莎擔憂的飛過來。

她遲疑了一下，不知道怎麼回答。因為龍和她交談的時候並不僅靠語言，還有超於語言的溝通方式。「……沒什麼。大家都還好吧？」

「都沒事……」撒格兀露出困擾的表情，「那隻龍……對我們的裝備做了一些加工。我剛查過數據，遠遠的超越了A級武器，恐怕跟S級武器裝備相當了。而且……還附加了一大堆亂七八糟的功能。」

燦月看了看自己那把「S級」卓越弓，不禁苦笑，「也算是好事……最少將來面對『他們』的時候……比較有把握。我猜，這些大概是當初程式設計師起了玩心，設計若出了什麼差錯，讓凱拉辛交給GM使用的吧？」

「我才不相信整天窩在電腦前面打程式的傢伙會有這種創意。」撒格兀咕噥著。

「當心，撒格兀。我們討論的可是夢天的創世者。」燦月半開玩笑的說，「他若不開心，可以抹殺你……只是現在他對這個伺服器無能為力了。」

燦月又沉默了。他們現在擁有的，只是當初起了玩心的程式設計師，因為想像力和創造力，埋藏在無數行程式語言下的援軍。

但是她說不出口的是……那些護衛天使，不過是遙遠的傳像、幻影，實力不到真實的十分之一。但是她不能摧殘隊友們的希望之火，起碼不是現在。

「我們去接小龍回家吧。」她輕嘆了一聲。

當天晚上，她和女戰約在亞丁附近。當女戰前來時，實在掩不住眼中的訝異。「……妳真的辦到了！」

「是。」凱拉辛慷慨的將兩隻黃昏龍笛送給她，她實在有些懷疑這樣真的不會破壞規則，「請照前約，將星幼龍交給我吧。」

女戰遲疑了一會兒，「……其實我不太想換他。」她露出懊悔，「雖然他食量像豬，又實在很沒用……但是我單獨狩獵的時候，只要他在身邊，我就不覺得孤獨。呵……很奇怪吧？居然會對虛擬產生的小東西感到眷戀，像是自己養的小貓小狗……當我孤單的時候凝視他的眼睛，總覺得他有許多話要跟我說……直到現在才發現，我還滿喜歡他的……」

幼龍瞅著她，大眼睛流露出哀求。女戰摸了摸他的頭。

「但是，他喜歡妳。好吧好吧……我承認我的說法荒誕又好笑。但我就是有這種感覺。請妳……一定要善待他。」

她默默的交出指揮星幼龍的龍笛，也收了燦月的。「……你跟了新的主人，可要爭氣點，要乖啊。我希望……還可以養出另一個讓我感到安慰的寵物。少吃一點，別讓人家說是豬幼龍了……」她眷戀的摸了又摸，抱了又抱。突然站了起來，急急的往城裡走去。

「……她待我一直很好。」星幼龍望著女戰消失的方向，「雖然她嘴巴很兇，但是她一直很疼我、照顧我……」他的眼睛充滿了離別的眼淚。

「你要感謝她。」燦月蹲下來，輕輕摟著星幼龍，「若不是她保護你……你恐怕一絲回家的希望都沒有了……」

我們托賴了多少陌生人的善意，才能夠走到現在？光是自己一個人，真的什麼也辦不到。

「杜莎，小龍讓妳照顧了。」燦月的心情很悲傷，實在沒有力氣說故事，「妳來告訴他一切。」

「我不可以選別人嗎？一定要是這隻笨蒼蠅？」小龍滿懷疑慮的打量杜莎。

「靠！我才不想照顧你呢！死狗！」杜莎最恨人家叫她蒼蠅了。

「妳說什麼?!」小龍跳起來要咬她，杜莎故意飛到他嘴邊突然拔高，讓小龍撲了個空，跌了個狗吃屎。

完成任務的輕鬆和小朋友的打打鬧鬧，讓緊繃的隊友們都笑了，有的人勸解，有的人添油加醋，甚至如意還幫兩邊加祝福鼓勵他們打架。

燦月跟著笑了一會兒，臉上的笑就模糊感傷起來。凱拉辛告訴她許多事情，她得想想，好好想想。

離開了營火，仰望無限深邃的星空，怎麼看都不覺得是虛擬的。在寂靜中，她的心跳如許穩定、清晰可聞。凱拉辛說，她有某種能力，某種和天使長相類似的能力。可以將虛擬轉為真實。

「妳必須小心這種能力，小心妳最後的抉擇。」

她的確開始遲疑、不捨，心臟還在跳動、血液溫暖流竄的現在。她失去了塵世的身體，卻在虛擬的夢天裡，得到了一個。

在夢天，她就不是亡靈了。心裡一個小小的聲音說著……

「不要管天使長了，她的一切和妳何關？就算任務完成了，妳又有什麼好處？不如維持現狀……塵世怎麼樣又不是妳的責任……最重要的是，妳在夢天活著。記住活著的美好……何必為了自私自利的人類煩心呢……」

輕輕的腳步聲打斷了這蠱惑，她像是被澆了一身的冰水。我剛剛在想什麼？我居然在轉著自私的念頭……果然人類都是自私的！

「想什麼？這麼入神？」月光下，輕柔的金髮飄揚，那雙溫暖的眼睛跟她初相會時一模一樣。

「米迦勒。」她輕輕呼出一口氣，環繞著她的蠱惑突然消失無蹤。她不是發過誓，要保護米迦勒，保護如意、杜莎、小龍，和所有人的人生嗎？她怎麼可以忘記自己的誓言？

「那天……」她困難的開口，「你有掉什麼嗎？掉很多經驗值嗎？你又怎麼會在那裡？」

「別擔心、別擔心。我好歹都是攻頂的人了……七十五級又一百趴呢。再說，我有無敵的祝回卷。」他笑了笑，安慰似的握握她冰冷的手，「我也是糊裡糊塗闖進去的……這大概是心有靈犀一點通吧。」

她莫名其妙的紅了臉。或許是月亮隱入雲中，所以遮掩了她的嬌羞。米迦勒挨著她坐下，陪她一起仰望無數星空。

「燦月，妳真是個神奇的人。妳在夢天可以使用許多特殊指令……所有的溫暖和笑語都集中在妳的營火邊了。」他望著遙遠的營火，「那是因為妳才存在的。」

「說不定，我是夢天的災厄。」燦月突然開口。

「有這麼美麗的災厄嗎？」米迦勒對她笑了笑，「妳一次都沒有吹響翡翠葉。」

面對這樣溫柔的指責，燦月慌了手腳，頻頻搖手，「不是的不是的……我一直很想呼喚你，每一天都想得要命……但是但是……」她的聲音漸漸低了下來，「但是我不能依賴你。這樣我會變得軟弱，只想躲在……躲在你身後。」

一陣漫長的沉默，星河緩緩流轉，模糊的傳來一陣陣若有似無的樂音。米迦勒彈著弓弦，捕捉了那縹緲的樂音，唱著聽不懂的歌曲。

縹緲而悠遠，卻讓她想起那星光璀璨的世界樹，以及那閃爍著碎寶石的水面蕩漾。

米迦勒唱完了古老的歌曲，裊裊的樂音像是上達天聽，猶然在耳。

「只要妳願意，妳想躲多久，就可以躲多久。」輕輕撫了撫燦月的頭髮，「只要我還在。」

燦月有些想笑，卻更想哭。不，當我弒殺天使長之後，伺服器關機，你會回到現實生活，很快就會忘記我。

但是……我會記得今夜。我會永遠記得今夜。

「我會記住你。」她輕輕的，像是耳語一般輕訴。

還給她的是另一個輕柔如風的吻，印在她的額頭。

「我該走了。」米迦勒溫柔的看著她，「記住，不管什麼時候，只要妳想，妳都可以吹響翡翠葉。我會來。」

看著他悄悄的像是霧氣般消逝，她的淚，卻落不下來。沒有吹響翡翠葉，卻隨便拔了片蘆葦捲起來，嘗試了幾次以後，發出了哀怨幽泣的笛聲。

這夜，她吹了很久很久的草笛，直到夜露沾滿了前襟，像是淚沾襟。月亮讓滿是水氣的雲掩蓋，宛如哭腫了眼睛。一聲悽楚顫抖的蟲鳴，應和了她的哀傷，嘹亮的響徹虛空。

她放下了草笛，驚訝的看著跳上她手指的紡織娘，那小小碧綠的蟲子。南風吹過，夜露飛撒如淚。

夢天第十二伺服器，出現了不該有的真實。沒人告訴她，她卻明白了。

明白她的時間真的不多了。

第八章

他們這一行人初抵龍洞的時候，引起不少人的側目。

人數未滿，職業不吃香，而且相對於其他人金光閃閃的驕傲裝備來說，他們像是一群襤褸的鄉下人。

一些人交頭接耳，發出訕笑，另一些常參加營火的老朋友憂心忡忡，趕緊阻住他們，「燦月，你們來幹嘛？要來也把裝備喬好一點……」不安的環顧這隊雜牌軍，不禁有些頭疼，「這樣你們徵不到攻擊手……難道妳要自己下去裝大地行者？」

「不用裝大地。我本來就是遊俠，裝也不像呀。」燦月安撫的笑笑，「別擔心，我們有我們的辦法。」

這個七人小組，沉默的加完祝福，更沉默的衝進戰場中。只見他們宛如秋風掃落葉，所過之處，魔物死傷無數，他們打得那麼快，那麼兇猛不要命，連擔任祝福的先知都拿起雙刀協攻，真的讓所有人傻眼了。

別鬧了，他們的武器裝備頂多到C級，連C頂都稱不上啊！

這隊雜牌軍，在門口附近打了一會兒，就清空了所有的怪。

「沒怪打了。」撒格兀不大滿足，他詢問的看著翔，「往裡面走？」

「走。」翔依舊沉默寡言。

但是他們這隊雜牌軍真的往裡面走。「我等等也幫著敲好了。」百合說，「沒事做很無聊……」

就這樣，遠征隊在龍洞裡頭定居下來，成了令人不太歡迎卻驚詫的存在。只要看到他們在打怪，其他人幾乎只能摸摸鼻子離遠些。因為他們這個可怕的隊伍可以包三房*，連主教都可以下場敲怪。

「一定是外掛啦！」終於有人沉不住氣了，「騙笑欸，那種鳥裝備鳥職業可以包三房？看到鬼！訴求啦，把外掛豬趕出去！」

紛紛應和的人開始疲勞轟炸GM，等GM現身時，他默默的跟得慕相對。「……拜

*某些遊戲有不成文的規定，先到者可以佔據某些領域練功，稱為「包房」。

託，你們別引起騷動……有人投訴你們是外掛。」

「GM大人，你看我們有使用不正當程式嗎？」得慕也很無奈，「我們可是清清白白的……」

「騙人啦！清清白白的能用C級裝備打怪還打得這麼猛？」對他們不滿很久的玩家爆發了，「騙我們第一天玩夢天？哇靠……」

「……我們在隱之谷遇到了龍。隱之谷的凱拉辛。」燦月沉默了一會兒，「你可以詢問原製作者，是不是有這個隱藏任務。觸發了這個隱藏任務，就可以將原有武器和裝備提升到神兵的地步……」

GM倒是被嚇了一大跳。「……你們是怎麼觸發的？這個任務沒有開放啊。」

燦月默默的看了他好一會兒，GM被她看到有點發毛。「GM大人，你應該知道，第十二伺服器跟別的不一樣了。」

燦月和GM的對話引起了很大的騷動，「真的有這個任務嗎？在哪裡觸發？」

「要座標的話，我可以給你。」她不想引起什麼麻煩，「但是守門口的可不好對付……」

得到了座標，這個隱藏任務馬上用光速在各大血盟頻道裡頭爆炸起來，GM頭痛的望著燦月，「……好吧，就算有這個任務好了。但是你們靠著神兵在這裡橫行，已經妨礙許多人進行遊戲了……是不是請你們去人少一點的地方？」

「我們會移居心臟地帶。」燦月點點頭，「抱歉，給大家惹麻煩了。」

默默的往深處走去，撒格兀發牢騷，「這下好了，大家都想解隱藏任務，可憐的老龍，會被擾得雞犬不寧……」

「就是多了些神兵而已，有什麼關係。」如意不以為然。

「錯了。佳兵不祥。」撒格兀拍了拍自己的夜叉，「拿著這玩意兒我心裡是有點害怕的。這玩意兒太強了，強到恐怖的地步啊！每次揮動，都覺得自己的神智漸漸陷入狂熱中，像是武器自己呼喊著：還不夠，還不夠……我還需要更多的血……」

所有的人的默不作聲。撒格兀的感覺，每個人都有。

「得讓這個知道誰是主人，對嗎？」燦月拍了拍她的卓越弓。「好了，別擔心。我們有任務在身。因為面對的是強到難以想像的敵人……所以得先面對自己。現在我們能做的……也只是不斷磨練戰鬥技巧，直到攻頂。先做我們能做的事情吧……」

攻頂……對的。他們能夠做的，也就是這樣而已。

燦月已經不去想辦不辦得到，她只知道，拖得越久，她的隊員就越慢回到現實生活。盡快攻頂，趕緊打敗天使長（或讓天使長打敗），讓一切都有個結束，那才是她能做的、該做的。

每天日出就是狩獵的時候，一直打到日落，遠征隊才拖著滿身疲憊回到亞丁城附近的營火邊。就像是辛苦工作了一整天，也就那麼短短一點點時間，可以在營火邊說笑、談天，老朋友捨不得離去，新朋友又一再加入，燦月的營火已經成了一種美好的記憶，像是所有疲憊都可以在此洗滌。

自從證明隱之谷確有其處，即使是陌生人也對他們友善許多。常常有人羨慕的想要看看他們的神兵，當然也有那種拿了就下線的騙子。

但是騙子往往很遺憾的發現，神兵像是有自己的生命意志，總是忠實的回到原主的手上。

「那是當然的啦。」撒格兀豪邁的大笑，「這可是龍祝福過的兵器哪！」

但並不是所有人都這樣的友善。

當有人粗魯的將塵土踢入營火時，所有的笑語都一起沉默下來。帶著怒氣的沉默。

「喂！你們好大的膽子，也不去打聽看看亞丁是哪個盟的，居然就在門口點營火？到底有沒有把我們死神盟看在眼底哪？」來者是個寶藏，他嗆完聲，還一上一下的拋著漆黑的匕首。

看了看遠到幾乎看不見的城門口，燦月輕嘆了口氣。今天她很累了……別人可能動動滑鼠就好，她可是用血肉之軀奔騰縱躍了一整天。

「我們只是累了，在城外休息一下。」燦月疲憊的抹抹臉，「難道……」

「對，就是不行。」寶藏將匕首射在她的腳邊，「就是不行，給我滾！」

這種惡劣的舉動引發了一連串的聲響，匕首槍劍紛紛出籠，法師舉起法杖，弓手搭弓上箭。一片刀光劍影，和燦爛金紅的營火相輝映。

撒格兀冷冷的說，「誰該滾？」

寶藏和他的同伴縮了縮，嘴巴倒還是很硬的，「……你們仗著人多想怎麼樣？我們死神盟可不是讓人嚇大的！瞪什麼瞪？再瞪來盟戰啦！看你們這幾個外掛豬早就不爽很久了……」

「唷，不是帶人來踢館嗎？踢到鐵板就要盟戰唷？死神盟真好樣的……」

「我早聽說了啦，他們死神盟連同盟一起去解隱之谷的任務，結果全體滅團。一百多個人趴成一片欸！說有多壯觀就有多壯觀……打不動護衛天使，就跑來欺負人遷怒咩。嘻嘻……」

「柿子挑軟的捏，不幸挑到石柿子呀！小心扭到手指唷！」

「說得好啊，認識你這麼久，第一次看到你說人話……」

陣陣冷嘲熱諷弄得寶藏和他的同伴臉孔一陣青一陣白，「有膽你們就別跑！等等你們就知道了！」倉促架了個台階，死神盟的人倉皇而逃了。

燦月揉了揉疼痛的太陽穴，「……大家何必這樣？我換地方紮營就是了。」

「這又不是妳的營火而已，是我們大家的。」撒格兀還想說話，卻看到燦月不斷揉眼睛，打呵欠。「妳啊，妳累壞了。妳跟我們不一樣……先睡覺吧。」

她很想反對，但是身體這樣沉重，沉重的像是鉛一樣。「……等我醒來，我們就換地方紮營好了……」口齒不清的說著，還沒說完，她已經倒在草地上沉沉睡去了。

眾人看她睡了，也紛紛散去。撒格兀伸了個懶腰，「其實我們該下線睡覺了……但是你們，能不能等我一下？不用很多時間，我去散個步就回來……」

如意白了他一眼，默默的幫他加了所有祝福，包括終極靈活思緒，讓他施法速度快些。「別殺人。」想想不太安心，「我跟你去。」

「嘖。」撒格兀抱著後腦，「女人。」卻沒有反對。

看著這兩個人一前一後的離開，小龍和杜莎有些摸不清頭緒。

「翔，他們要去幹嘛？」小龍窩在翔的懷裡，疑惑的抬頭問。

翔只是笑而不答。

「他們去解決一些麻煩。」百合溫柔的說，「你們也該睡覺囉。好孩子要上床睡覺了。」

「我不是小孩！」小龍和杜莎異口同聲，然後互相厭惡的對看。

「你幹嘛學我？」「欸，是妳學我才對吧？嘖，女人！」

百合趕緊安撫這對總是吵不停的小冤家，「好好好，都不是小孩。那……要不要聽故事？」

「要！」又再次異口同聲了。

得慕坐在火堆邊，邊聽著溫暖的囂鬧，邊做著銀箭。唇角卻有著溫柔的微笑。

*　*　*

到了第二天晚上，燦月才知道他們倆幹了什麼好事。營火邊適合說英雄事蹟，偏偏有個路人是寫小說的，又把撒格兀和如意說得像是天將下凡般萬夫莫敵。

「……你們趁我睡覺的時候跑去打架！」燦月罵了起來，「你們搞啥呀～」

「欸，我先說明，我可沒打架喔。」撒格兀還是很尊重這個隊長的，「那哪算打架啊？只不過他們在草叢裡鬼鬼祟祟很久，我去打個招呼而已……」

「應該說是單方面的屠殺。」如意很「善意」的補充。

「欸欸欸，妳說這什麼話？我可沒殺到半個人。」撒格兀叫屈了，「我只不過放個封印讓他們立正站好，看他們好像一時半刻冷靜不下來，就放了個火焰封印讓他們冷靜一下……」

「就在冒火了，你還放火焰封印要他們冷靜？」如意扁了扁眼。

「以毒攻毒，以火攻火麼……妳還敢說啊？唯一死掉那個人可是妳殺的。」撒格兀開始推卸了。

「那關我什麼事情呀？」換如意叫屈了，「誰叫你的封印那麼不持久？他衝過來要殺我欸！正確的說，我只有放了催眠，是他自己落點不好，剛好站在白骨射手前面，這才被秒殺的……追根究底都是你放火把他的血弄到底了，可不關我的事情……」

「你們啊！」燦月發火了，「你們你們……沒事跟人家打什麼架……這樣豈不是沒完沒了？」

但是想到一大群找碴的高手，就只能眼睜睜的在荒郊野外罰站，眼睜睜的看著自己的血見底，甚至讓個白骨射手一箭秒殺……

怎麼說都很好笑。

她再也忍不住了，為了這兩個非常寶的隊友笑出聲音。笑聲是有傳染性的，整個營火邊都充滿了哄堂大笑的聲音。

「似乎很歡樂嘛。」冷冷的聲音穿破了一切，「殺了我的人，你們打算怎麼解決？」

只見死神盟的人整齊的排列，估計約四五十個人。名列高手排行榜首的盟主靜靜的站在隊伍之前，眼中閃著冷酷的光芒。

「不是我的人先挑釁的。」燦月開口了。

「那我不管。」盟主的聲音更冷，「我只問妳要給我什麼交代。」

「交代？」如意冷哼一聲，「文具店就有。看你要3M的，還是雙鹿牌。如果你沒錢買，我匯給五十塊讓你買個高興。」

「這就是要打就對了？」盟主發怒了。

「要打找我，是我動手的！」撒格兀站了出來，燦月手一擋，阻住了他。

「他是我的隊友，我對他負責。再說，是你的人先來挑我的營的，如果你要戰……」她的眼睛閃出不屈的光芒，「那便戰！」

兩方人馬鼓譟了起來，她手一揮，「但是，只有我跟盟主。我跟你單挑，若是我贏了，我就擁有紮營的權利，你們不得來此干擾我和我的隊友、客人。若是我輸了……我永不在亞丁城的範圍內紮營。」

單挑!?跟排行榜第一名的寶藏獵人單挑!!燦月跟他的等級相差了將近八級呀！

「妳瘋了不成？」如意低聲對她說，「妳若死了，可跟那個白癡不一樣……」

「我知道。」燦月表面很鎮靜，手心卻沁著一把冷汗，「但是，我不能這樣怕死下去。總有一天，我得面對天使長……這會是個很好的經驗。」

「會丟了妳小命的經驗！」如意拉著她，「妳別傻了……」

「祝福我。」燦月勇敢的笑笑，「將妳所有的祝福都給我。我會贏……我一定會贏……」

「……妳怎麼知道？」如意快發飆了，「現在可是小刀的時代……」

「因為我比誰都不想死。」她的眼神如許堅毅。

如意嘴巴動了動，卻一句勸阻的話也說不出口。她只能……將所有的技藝都施展出來，盡力為燦月祝福。她也不懂自己為什麼會有這種盲目的信心。

她相信……燦月會贏。她這個被人家說是廢掉了的遊俠……會贏。

「準備好了嗎？」盟主笑了笑，很殘酷的笑，「不喝水，直到一方倒下為止。」

燦月點點頭。她將弓搭在弦上。

「那麼……開始！」話還沒說完，死神盟主已經飛快的衝上來，眼見就要施展他得意的三連刺……

「卑鄙！」「這就是大盟主的作風嗎？」「開始應該讓第三人喊吧？」「太過分了……」

但是讓所有人驚訝的是……即使死神盟主使用了「迴避移動」衝刺，卻讓燦月神奇的閃避過去，拉開了距離，她神速的射出衝擊箭和糾纏之足，靈活的在他的範圍之外遊走。

勝負幾乎是一瞬間。在死神盟主被擊暈的那一刻，燦月射出了一記暴擊的能量箭，讓驕傲的盟主不敢相信的，緩緩倒地。

「……我贏了。」她示意如意幫盟主復活，「事實上，你很厲害……」

「哼！要不是妳有那種外掛*修改的神兵利器，我才不會……」復活過來的死神盟主很下不了台，大吼著。

「你可以自己看看。」她遞出自己的弓，「我換了把普通的卓越弓。」

燦月的神情一點勝利的喜悅都沒有，甚至有些蕭索。「我會贏你，是因為我是『活在夢天的人。我沒有視角的問題，所以才能從你致命的匕首下找到一點機會……」

緊張、害怕、恐懼。她直到現在全身都還會發抖。她很厭惡將箭射入人體的感覺……很厭惡殺人的那一刻。現在想起來，非常想吐。

「還有，我比誰都不想死。」她轉身，想去洗洗手。雖然她知道並沒有沾染上血液……卻總是覺得手上殘留那種滑膩。

「……妳別太囂張了！」死神盟主拿著匕首衝上來，準備要插在燦月的背上……

鏗的一聲，他讓翔的盾打得一陣昏眩，晶亮的迷惑劍在盟主的脖子邊閃爍。「死神，嗯？」

後來發生什麼事情了，死神盟主也不明白。他像是看到什麼還是平白做起惡夢，突然大叫著後退，倉皇的下線了。

經過這一役，再也沒人敢來找麻煩，這兩場神乎其技的戰鬥，也成為許多玩家津津樂道的傳奇。

「有盟好屌嗎？」撒格兀發牢騷，「我看我們也來成立一個盟好了。」

「我們又不攻城又不盟戰，要盟幹嘛？」燦月洗了手回來，有些無奈的。

「嘖，我放封印的時候，才不會放到自己人啊。」撒格兀搔了搔頭。大家忍不住跟著笑了。

「不錯呀，有個盟也不錯。」沉默溫柔的百合笑著，「其實，血盟不是拿來打架的

*遊戲外掛是指加強遊戲內角色能力、自動練功之類的非法程式。

唷。我看官方手冊說，血盟的開端是聚在一起狩獵的人，在火堆邊產生的。我們……不就是這樣嗎？」

就這樣，火月盟成立了。

雖然也有同盟，大家都在火月盟的盟徽之下，但是主盟卻只有他們七人。其他的人……幾乎都是愛慕「燦月的營火」而來的。

他們這群人雖然有點怪異，總像是共守著非常重大的神祕，宛如祕密結社似的，卻都是很善良的人。隊伍裡既然有兩個缺額，任何衝等的人都可以來，他們不問等級裝備也不問職業，能幫的忙就盡量幫。

「你們手上畢業了那麼多詩人、舞者、黑老、小刀……」朋友們總是會抱不平，「但是就沒有人留在隊伍裡面幫你們？」

燦月只是笑了笑，其他的人聳聳肩。

「我們與眾不同，肩負重大使命。」撒格兀豪邁的笑，「這不是普通人跟得上的隊伍。」

燦月也只是笑笑，凝望著天空一群真實的白鳥飛過。「那些都不重要。」

她知道真正重要的是什麼。

第九章

從龍洞打到傲塔，他們的等級不斷提升，戰鬥技巧也不斷的提升。等百合也畢業以後，每個人都感慨萬千。

好像是很長遠，又好像是昨天才發生的事情。這一路走來坎坷，卻將七個人的心緊緊繫在一起。

燦月的話越來越少，總是含笑著聽別人說話。她常常若有所思的望著其他人，帶著深重的眷戀。有時候會拿出翡翠葉默想，但是一次也沒有吹響。

女孩子的纖細變化，還是只有女孩子能夠察覺。

營火邊有收集者炫耀的拿出剛做好的茶壺和杯子，引起眾人的驚嘆。「嘿嘿，我也不知道怎麼會有這種製捲*。」收集者很開心展示給大家看，「做起來不麻煩，連我都可以

*某些遊戲設定製作物品需要「製作捲軸」。名稱或許不同，但是功能差不多。

做喔。而且你看……」

她登登登的奮力跑向小河邊，提了一壺水過來，「哪，還真的可以燒開水喔！等等我把收集來的薄荷葉放下去……很香吧！是不是很不可思議？沒想到我也會用燦月才有的特殊指令喔！」

眾人興奮的傳著茶杯喝著神奇的薄荷茶，燦月卻蒼白著臉孔，悄悄的離開營火。如意和百合發現了她的異狀，不約而同的跟在她後面。

只見她惆悵的將手放在水裡，輕輕划動，水面倒映的星光月影，也跟著閃爍著細碎的光芒。

「怎麼了？」如意挨著她坐下，「妳最近總是悶悶不樂。最近一切順利呀……幾乎都登頂了，狩獵首領、小王，昨天甚至連扎肯那隻吸血鬼都倒在我們的腳下。妳到底是……？」

燦月的眼神空茫了一陣子，「……如意，我們不要去打天使長，好不好？」

她嚇了一跳，「為什麼？這不是妳的心願嗎？難道妳要讓小龍永遠困在這裡？要看天使長毀滅真實的世界？妳為什麼現在膽怯了……？」

燦月拼命搖頭，「……我不是膽怯。我只是……只是自私。」她終於哭出來，「如意，不要走！留下來！」

如意真的火大了，「妳的確自私！很自私！妳說這什麼話，我都快不認識妳了……妳真的是燦月嗎？那個意志堅定，無私奉獻的燦月嗎?!」

她沮喪的蹲下來，摀著臉，淚水點點滴滴的從指縫掉下來。

「妳說啊！妳說！到底是怎樣？妳是不是被天使長收買了？說啊！」如意氣急敗壞的搖著她，「哭有什麼用處?!妳不是教我自己用自己的力量站起來？妳為什麼現在要背叛妳的理念？說啊！」

百合溫柔的阻住她，「……別這樣。燦月只是捨不得我們。對吧？如果打敗了天使長的話……」

燦月的眼淚更洶湧、急喘。百合雖然不說話，卻都是看在眼底的。

「……妳是不是白癡呀？」如意鬆了口氣，「我也捨不得啊，神經。對啦，若是打倒了天使長，這個伺服器會關機……那還是會開機的呀。我啊，我可是會天天爬上來看看妳在做什麼，怎麼可能丟下妳？若是沒打倒……反正是全人類的浩劫。那時候我還是會來陪妳的。陪妳當永遠的亡靈唷……」

「不要！不准！」燦月吼了起來，「不不不，忘記我說過什麼吧……」她在想什麼？讓自己最親愛的朋友們都成為永劫的亡靈？她這樣一個不自然的存在，只要關機可能會消失的存在……怎麼可以讓朋友們陪葬？

她的確是瘋了。

「對不起，對不起……」她用力把眼淚抹去，「我只是……突然感傷起來。又不是不會見面了……只是覺得大家都像是我的家人似的……」

「我們是啊。」如意鼓勵的笑笑，「遠征隊是永遠不會解散的。會一直一直在一起的。」

……永遠……有多遠？一直……有多長？

但是燦月沒把這些想法說出來，只是露了個勇敢的笑容。百合看到了她的陰影，卻只能默默的握了握她的手。

躲在草叢裡的，還有另外兩雙眼睛。

「如果我回去了，那麼燦月不就很寂寞？」小龍喃喃自語，「這樣不行……」

「……」杜莎將臉別到一邊，「我會跟著她的。她啊，神經大條又笨得要命，要不是有我跟著，不知道要鬧出多少亂子……」

「欸？妳不回家嗎？」小龍慌張了，「我不要這樣！你們不回現實，那我也不要回去！我陪妳們……保護女生是男生的責任！」

「不准你這麼笨啦！」杜莎兇了起來，「回家去！我跟燦月都是……都是沒人要的孩子，當然只能留在這裡啊。而且啊，」她很嫌棄的擺手，「一隻沒用的幼龍能幹嘛？你還是乖乖回去吃奶吧。」

「喂！妳很侮辱我喔！我又沒比妳小很多，我今年也要上國中了好不好?!」小龍被激怒了，「好歹我也跟著大家練到六十級了啊！早就可以轉座龍了，將來搞不好還可以轉飛龍哩！是燦月死都不讓我轉的……」

「笨蛋……你想被別人騎喔。」杜莎發怒起來，「只有我可以坐在你身上啦！」

「為什麼只有妳可以騎我啊？」小龍對著她吼。

杜莎卻莫名其妙的臉紅了。「……你真是個笨蛋，大笨蛋。」

她……輕輕的親了小龍的嘴唇……卻又狠狠地咬了一口。

「你是笨蛋！笨蛋就趕緊回家吧！」她的聲音變了，像是在哭泣一樣。然後她連一刻都沒有停留，急急的鑽到燦月的懷裡，放聲大哭。

雖然她什麼也沒說，但燦月卻像是知道什麼一樣，輕輕的拍了拍她，拍了又拍，拍了又拍。

* * *

愛憐的撫摸著翡翠葉。這片翡翠葉惟妙惟肖，葉脈、葉柄，豐滿圓潤的葉緣。怎麼看，都像是活生生的葉子。

只要那永不凋謝枯黃的特性提醒她，這是一片翡翠琢磨的葉子，拿在手裡，多麼溫潤。

溫潤的手感……燦月輕輕按著自己的胸口，碰碰，碰碰。所有的感官，或許就要在明日的奮戰中消失了。

曾經這麼恐懼，想要逃避的末日前夕……她現在卻非常安定，彷彿安心了。

唯有會失去，才知道珍惜；只有死亡的恐懼，才了解生命的喜悅；因為黑夜的茫然，才知道朗空的可貴；因為寂靜沉默的雪，才知道春日的溫暖。

惟毀壞，得重生。

她分外珍惜此時，珍惜心臟跳動，血管有著溫暖血液的此時。

湊近唇邊，她第一次也是最後一次吹響了翡翠葉。高亢清鳴的聲音響徹極悠遠的銀河，像是傳說裡鳳凰的歌聲。

模糊中有霧影緩緩浮現，大夢初醒似的米迦勒帶著隱約蕩漾的微笑，來到她身邊。

「……你果然是GM。」燦月微笑，雖然眼眶有些薄淚。

「呵，既然妳這麼說，就算是吧。」他撥了撥燦月的額髮。

「這個，」她遞出手中的翡翠葉，「還給你。明天過後……我就不在夢天了。夢天有很多值得回憶的。如果有什麼是絕對不能忘記的……一定是你。」

米迦勒的眼神轉黯，卻是溫柔的幽晦。「……不再回來嗎？」

燦月堅決的搖搖頭。「……其實我有很多話想跟你說……但是面對你的時候，卻說不出來。謝謝你在我非常脆弱的時候，一再給我勇氣。」

「……我希望有更多的時間與妳相處。」

「你在的。」燦月露出璀璨的笑容，「在我脆弱的時候，在我怯懦的時候，在我難眠的時候……我都跟著你說話，雖然你不知道。」

「我知道。」米迦勒溫潤俊秀的臉龐露出微微的傷痛，「我都知道。把它收起來……這是我給妳的禮物。我送給妳了……任何人都不能拿，包括我。」翡翠葉在他掌心微微發光，當光芒褪盡，已經有了條銀鍊鍊著。

「我明天……」她哽咽了，「我已經跟隊友宣佈，明天就是……」

「噓，不用告訴我。」米迦勒低語著，「做妳認為該做，要做的事情。」

第一次也是最後一次，她主動抱住米迦勒，雖然只有幾秒鐘。「我會守護住你，還有所有人的人生。」她低微的語音幾不可辨。

轉身，堅決而飛快的，離開。

這次米迦勒目送她的背影，覺得她的背影，浸染著和自己相同的深刻悲哀。

* * *

當朝陽從東方升起時，沐浴在金光下，雖然只是站著，燦月看起來卻像是在祈禱。只是任何神祇都幫不到她了。

所有隊友都在她身後集合，默默的等待她。

她環顧這群患難與共的夥伴，深深的將頭垂在胸口，「謝謝各位一路相隨。沒有你們，我什麼也辦不到。」

抬起頭的燦月，眼睛閃爍著清亮的火焰，「終於……到了這一天。有件事情，我一直沒有跟各位坦白。」她頓了頓，「其實，我有把握活到跟天使長面對面。但是為了保持戰力……我需要大家保護我。」

她咬著牙，盡力壓抑肩膀的顫抖，「對不起，我必須卑劣的讓各位當我的炮灰，好讓我爭取那個機會，那個和天使長對峙的機會。因為只能一次……只有一次。所以……所以……」她拼命忍住即將落下的眼淚，「所以請大家不要不怕死……而是盡量怕死！若真的不行的時候，拜託登出吧！因為我不知道天使長清醒到什麼程度，也不知道她將遊戲劇本改成什麼樣子……」

「有士兵會怨恨負責任的將領嗎？」撒格兀拍拍她的肩膀，「放輕鬆點，大將。我們先要挑戰巴溫成功才有後續的煩惱吧？說不定我們都讓巴溫趕回來也說不定……幹嘛這麼喪氣？勝敗乃兵家常事啦……大家都帶了祝回吧？不行就飛回來啊！巴溫和天使長又不會跑。一次不成還有第二次，第二次不成還有第三次啊！殺了一個我，還有千千萬萬個復活的我啊！妳擔心啥呀……」

撒格兀一打岔，原本沉重的氣氛一掃而空，連燦月都不禁微笑起來……雖然還有點愁苦。

「喊喊口號吧，來來來……」撒格兀很熱情的揮動雙臂，「推倒巴溫！」

「推倒巴溫！」

「不行啦，聲音太小了，大聲點，精神點，讓巴溫打從心裡抖起來，抖到變成七級地震哪！打倒巴溫！」

燦月真的笑了起來。有了這群夥伴……她在夢天短暫的人生，也真的毫無遺憾了。

「好吧……推倒巴溫！」她舉起手臂，所有的隊友跟她一起歡呼。

這股昂揚的士氣一直維持到傲塔，即使爬著漫長像是沒有盡頭的樓梯，這股士氣也不曾稍減。奇怪的是，今天打傲塔的朋友們非常少，有幾團不知道為什麼，有前有後的跟他們一起爬到頂樓。

今天是什麼日子呢？期末考？連續假日？攻城？為什麼人少到反常呢……？

抵達巴溫家門口，一切有了答案。

密密麻麻的人群，一面喊著來了來了，一面笑嘻嘻的讓路給他們過。

「……你們……？」燦月真的張目結舌了。

「我沒說是有人喊錯頻道唷。」「真不夠意思啊，來打巴溫也不通知一下。」「我還沒看過巴溫呢，趁機來開開眼界啊……」

這些人……都是來幫我們的？

「請回吧。」燦月低頭，「我謝謝大家的好意。但是這次真的非常危險，十分危險，我……」

「好啦，妳不用解釋了。」常來營火的老朋友拍拍她，「你們一定有些什麼事情必須去做吧？雖然我們不明白，可能也幫不上什麼忙。但是啊……我承受了多少燦月營火的光亮，總是需要給我們表現的機會嘛。我不知道你們為什麼非推倒巴溫不可，也不知道你們為什麼要這麼拼命的升等。但是我們知道，你們要幹件驚天動地的大事情吧？」

「那就動手吧！巴溫快出來受死！」有人大喊了。

「武器裝備噴了就算了，」一個詩人不太好意思的摸摸頭，「讓你們帶到畢業，卻沒留下來幫忙……總給我們點回報的機會。」

一點點無心的善意，他們卻得到這麼多，這麼多激烈的回饋。

燦月含著淚，突然覺得無所畏懼。她昂首向前，看著緊閉的石門。除了解任務的人以外，總是拒人於千里之外的固執石門。

「以凱拉辛的名字，我命令你……開啟！」她的聲音不大，卻在遼闊空曠的傲塔不斷迴響、迴響。

什麼都沒有發生。

眾人面面相覷，正在想她在搞什麼時……沉重的石門居然一寸寸的挪動、敞開。幽暗充滿灰塵的空氣撲鼻而來。

沉重的黑暗中，一雙瘋狂的眼睛睜開，僅僅如此，整個傲塔像是遇到了大地震，開始劇烈搖晃了。

「大膽！誰准許妳喚王中之王、尊貴無比的名字？」巴溫開口了，但是夾雜著腐屍氣味的風暴透過這個問句，逼開了在門邊的所有人……

除了遠征隊以外。

舉起弓，燦月唇間噙著冷然的笑，「以凱拉辛之名。」

當她射出讓至壽者祝福過的那一箭……就正式宣戰了。巴溫從他頹圮的王座跳起來，發出怒吼，雄偉的傲塔震動到像是要倒了，就在他直衝燦月的時候……

翔和撒格兀擋住了他。

向來溫和的翔眼神冷冽，「死。」

他發了挑釁，撒格兀數個封印齊下，好讓燦月盡情的攻擊他。來支援的援軍這才大夢初醒，一湧而上，準備要推倒這個雄霸塔頂多年的大魔王。

就在這個前仆後繼的壯烈時刻……巴溫冷笑一聲，尖銳的嘶叫，所有的人都不禁心笙動搖，站立不住。

等回神過來，不知道哪裡湧來的白金族和天使大軍出現在他的背後，像是狼群般撲向羔羊。

這是夢天開站以來，最慘烈的一次戰役。滿地都是屍首和武器，神職們起死回生到魔力全乾。殺了一批魔物，又湧上新的一批。這些魔物不知畏懼、不會厭倦，無數重生。

到處都是慘叫和魔物的獰笑，在天使長的劇本之下，人類渺小的宛如螻蟻。再強的戰士、巫師，都得俯稱臣。

只有遠征隊仗著神兵利器，還可以保持完好的隊形勉強支撐的活下去……推倒巴溫已經是不可能的了。

滿身是血的得慕，分不清身上是魔物的血還是自己的血，她拿槍的手已經快要舉不起來了……「討厭，這應該是拿來對付天使長的呀……」

她喚出了攻城高崙*。

「不、不可能！」巴溫喊著，「這個也只能攻城的時候用……」

「我們可是凱拉辛祝福過的人。和你那背離規則的主人不一樣！」得慕指揮著攻城高崙，「把所有的魔物通通踩扁！」

「凱拉辛算什麼？天使長大人才是這個世界的主人！」巴溫下意識的握了握胸口，「全殺了！」

燦月注意到他的小動作，動作比思維快，她敏捷的搭弓上箭，閃著藍光的箭穿透了巴溫的胸口，也衝破了天使長賜給他呼喚士兵的別針。

所有招喚出來的白金族和天使都定住了。漸漸風化，變成一片沙塵。

巴溫驚住了。他的生命與召喚別針息息相關，別針毀滅，他也跟著受了重創。正因為他不敢相信庸懦無能的人類居然能夠傷害自己，呆在原地時……他沒閃過攻城高崙的一擊。

這一擊像是駱駝背上的最後一根稻草，將他壓垮了。他緩緩往後倒，巨大的身軀引起傲塔最後一次的劇烈地震。

不一會兒，他的屍體讓上天收了回去，卻在地板上留下了閃亮的鑰匙。

就是為了這把小小的鑰匙，廣闊的大廳只剩幾個神職勉強可以站著，幾乎都死了。

雖然知道他們會重生，但是她的胃還是緊縮著。其他的人看到的僅是電腦螢幕……但是她看到的卻是貨真價實的戰死者。她的膝蓋發軟，懊悔、歉疚、憤怒，一起在她的胸口

＊這是借用了天堂二的設定。戰爭工匠可以召喚出攻城高崙。依遊戲設定，攻城高崙只能在攻城時使用，通常是拿來破壞城門的。外觀是個非常高大的機器人，攻擊力非常強悍，防禦極高。

爆炸開來。

最憤怒的是，即使知道前面的戰鬥還會犧牲更多的人……她卻已經不能回頭了。

女人不適合當英雄……因為她們生存於世不是為了爭鬥，而是為了孕育、守護。她們的血還是熱的、心還是軟的，沒辦法若無其事的用屍首堆積出充滿血腥的康莊大道。

每一個死者的臉孔都糾纏在她心底。她不適合當英雄。

「……我不能停下來。」燦月像是發著高燒，臉孔紅得發出火光，眼睛燦亮得嚇人。

「將你們的命交給我。拜託請交給我。」

她發誓，她一定要殺了天使長。

第十章

她撿起那把金鑰匙。巴溫頽圮王座之後，一道牆開始閃爍、模糊，成了一個暗黑如夜的甬道。

燦月深深的行禮，對著所有的死者和倖存者，深深的，行禮。

沒有人說話，讓一種悲劇又震懾的氣氛抓住了。就這樣目送著他們魚貫進入漆黑的甬道。

一片靜默，但是每個人心裡都明白了一件事情。雖然不知道為什麼明白。

燦月的營火，大概不會在夢天閃爍了。

在甬道中，燦月環顧親密的戰友們。「……聽我說。凱拉辛提起過，護衛天使通常是三人一組行動……為了幫我爭取和天使長對峙的機會……」她很困難的開口，「請幫我引開護衛天使。」

「沒問題。」撒格兀很輕鬆，像是要去郊遊一樣。但是只有他身邊的如意才知道，拿著戰斧的他，手臂有些幾乎察覺不出來的顫抖。

「撒格兀和如意一起，引開第一組的護衛天使；翔，你和百合一起行動吧。請幫我引開另一組……」

「我和得慕來引開第三組。」杜莎開口了，「我知道我的使命的，這也是我一開始就決定的事情。」

得慕舉起銀槍做回答。她的最後一張王牌已經打了出去，傷痕累累，筋疲力盡到連說話都沒力氣。但是她不怕……她的血在沸騰。自從她成了人魂後，這是頭一次，她有「活著」的感覺。

「我跟妳去！」小龍大叫，「我也要去！……我還沒跟妳算咬痛我嘴巴的帳呢！」

「小龍，你聽話。」燦月疲倦的抹抹臉，「進來龍笛這裡。」

「不要！我不要！」小龍拼命抵抗命令，「我們不是同隊的嗎？我也要跟你們一起打仗！這也是我的事情啊……怎麼可以因為我年紀小就看不起我！」

杜莎怔怔的看了他好一會兒，突然笑了。「好啊。那你就跟來……不不不，不是跟我。你負責最艱困的任務，保護燦月吧。不管發生什麼事情……你都要跟著她……」

燦月絕望的望著所有人。她終於要做了，終於要用夥伴的屍體鋪在通往天使長的道路上了……

「引開護衛天使以後……快點用祝回回去。」她喃喃著，「盡量不要死。」

但是杜莎死定了。她轉生為NPC，是沒有祝回可用的。當然，結果不管如何，燦月也死定了……

這是杜莎和她選擇的地方，選擇的結局。

「……小龍，你跟緊我。」她摸了摸小龍的腦袋，「我一定送你回家。」

漫長的漆黑甬道，終究有走完的時候。

光亮中，護衛天使們沒有巨大的身影，身上卻發出熾烈的火焰。沉默的，等待弒神者的到來。

「……一定不要死。」燦月說。

她話還沒說完，撒格兀已經衝了出去，對著三個護衛天使狂放封印，如意的治療術在撒格兀的身上閃爍，他們敏捷的往右跑，將第一組護衛天使引開。

「快走啊！快走～」撒格兀的吼聲在虛幻的傲塔九十九樓迴響著。

剩下的人沉默的往前衝，遭逢了第二組的護衛天使。翔衝進護衛天使群裡，開始放強力挑撥，然後是極限防禦。百合臉孔蒼白的待在他背後，完全不顧自己性命的補血。

燦月連一眼都沒看他們，只是不斷的往前衝去，等遭逢第三組護衛天使時……杜莎衝了出去，開始在天使之間穿梭飛舞，將他們引走。

終於到達了虛幻的王者殿堂……只要推開大門，就可以和天使長面對面……

但是，她忍不住回頭看了一眼……正好杜莎被狂襲的火焰燒中，尖叫著跌了下來。得慕想要救她，卻讓護衛天使打斷的樑柱壓住了，轟然的土石傾瀉而下，半埋在砂礫中的得慕，不知是生是死。

她……果然不是當英雄的料子。

「奉獻！奉獻！夢天唯一的惡神……我奉獻我未來的道路！奉獻我人生的最終和最後，我將永不上天堂！」燦月將原本要用在天使長身上的咒語，使用在這個當下。

因為她不是英雄，她的心太軟，血太熱，情感還會因別人的犧牲而受傷。

整個夢天都震動了，惡神興奮低沉的笑聲響徹了大陸的每個角落。一切都停滯了下來，不管是魔物還是玩家，護衛天使或遠征隊，都凝固如雕像。

只有她和杜莎還可以動作。燦月俯身，抱起翅膀焦黑的杜莎。

「……這是……？」杜莎睜開眼睛，奄奄一息的問，「怎麼回事？我以為我死定了……他們，幹嘛不動？」

「……除了我們這些逸脫所有規則的『非人』，只要塵世有身體可以束縛的人，都得聽從大神的旨意，不能動彈。」這個時候，她卻很想笑。

「因為那是雷格大神的旨意。」

杜莎睜大眼睛，忍不住放聲笑了出來。「雷格？網路雷格居然是夢天裡的一個惡神？天啊～說給任何人聽都像是一個笑話……」

燦月也跟著笑了，笑著笑著，她的眼淚掉了下來。為了要讓這個惡質的神喜悅，凱拉辛奉獻了他的一對龍角，燦月將她最後的道路斷絕了。

「我可不覺得好笑。」半埋在斷垣殘壁下的得慕聲音發悶，「妳知道妳奉獻了什麼？

這是妳最後的希望呀！」

「……我並不想去天堂。」燦月擦乾眼淚，勉強笑了笑，「本來我是想跟天使長對峙時，讓所有的護衛天使因此動彈不得，大約有把握和沉睡的天使長一戰……呵，說這些做什麼？雷格大神賞賜的時間是有限制的……我先走了……」她將杜莎塞到得慕的手裡，「……拜託妳了。」

「不要抛下我！」杜莎掙扎著要爬起來，「我也要去，我也去！別抛下我呀……我要跟妳到最後……」

「……我不要妳看著我死。」燦月將臉埋在掌心，「就像我不要看著妳死一樣。拜託妳，讓我一個人去吧……」

正要推開石門的時候，一支銀箭射在石門上，冒出驚人熱力的焰苗。

「要進去？得踏著我的屍身進去。」聲音空靈而縹遠，戴著宛如皇冠的頭盔，面目隱在陰影中的護衛天使從黑暗中現身。

每踏過一步，地上就有熔蝕的腳印。雪白的翅膀在背，背著弓，配著閃著致毒藍光的雙手劍，盔甲燦爛如繁星。

「不可能。」燦月喃喃著。

護衛天使像是笑了一下。

靈光一閃，「……你是另一個死去的玩家。你也是非人！」

護衛天使將劍舉在面前，輕鬆揮下當作回答。燦月只能執起匕首格擋開來。她的手臂隱隱發麻，像是遭了雷擊。

「怎麼了？非人的遊俠？妳拿那把玩具似的匕首要做什麼？看妳這樣努力……像是可愛的貓咪很努力的咬了小小的一口……真能傷害我什麼？」他空靈縹緲的聲音充滿嘲弄。

燦月就地滾開，內心驚疑不定。「你……你保有自己的神智，沒讓天使長操控？」這個事實讓她狂怒起來，「那你還坐視這一切？坐視著看她要毀滅塵世?!」

「我是自願來跟隨她，捨棄塵世的身軀的。」他冷然，「人類就像是地球的癌細胞，除了摧毀、破壞，還是摧毀破壞！與其看著世界因為人類毀滅……不如讓人類純潔的靈魂和污穢的身軀分開來，讓人類和世界都可以得救！我很高興我不再是人類了……妳別想來阻撓我們！」

他的攻擊轉凌厲，每接下一劍就像是讓鐵鎚重重的搥打身軀和心靈。燦月試著拉開開距離，但是護衛天使卻比她還快，不容她轉身逃走。

近距離的戰鬥對遊俠不利，她只能仰仗一把小小的匕首，和旺盛的憤怒。

只是，護衛天使的憤怒不下於她。每揮下一劍，他就惡毒的逼問，「無謂的戰爭，是不是人類貪婪所致?!」「強盜殺人作姦犯科，是不是人類卑劣的本性?!」「殘害逼迫所有的『異』……人類是無知愚蠢又只知自私自利的生物，是不是？是不是!?」

熬完第一波猛烈攻擊之後，燦月的腿幾乎發軟，她仗著無視角障礙的優勢，終於拉開一點距離。搭弓射箭，隨著飛快的箭矢，「是，又怎麼樣?!」

這一箭，劃破了天使的臉頰。

「就算是這樣，我也喜歡人類！又不是所有人類都如此……」她的弓滿紘，咬牙切齒的對著護衛天使。

「……妳要為了人類看著世界毀滅嗎？」護衛天使也拉紘張弓，筆直對著她。

「就算是這樣，也是世界的天命。」燦月冷靜下來，「所有種族都有天命！人類或許會毀滅於歷史潮流中，但不是今天！我只知道，身為一個人類，就該讓種族延續下去，直到末日來臨……我要對抗到不能對抗為止……」

她的眼淚流下來，「就算我是非人了，我也喜歡人類，喜歡人類啊！」所有遠征隊員的臉孔在她眼前流轉、營火堆，朋友和陌生人的笑臉……熱騰騰的薄荷茶，歌聲、故事，和許多巫師放過的煙火……

幾乎和天使長的箭矢同時，她也射出了自己的箭。就地滾開，她閃過了護衛天使致命的一箭，拔出匕首，和天使長纏鬥在一起。

她幾乎將所有精靈的本能都使出來，面對讓她做惡夢的護衛天使本體。不知道是怒氣，還是悲哀，抑或是她的守護天性崛起，她幾乎忘記自己會死亡，也忘記她和護衛天使的能力差距，將匕首優雅的揮成一團刀光劍影，這股可怕的氣勢連護衛天使都為之膽怯。

只見兩道銀光交纏，倏分乍合，動作快到看不清楚。護衛天使一陣戰呼，石破天驚的遞出一劍……眼見燦月避無可避，恐怕會腰斬之際……

她迅如閃電般在石牆上一踢，翻身躍上護衛天使的雙手劍，頰上的鮮血與淚交濟然，優美的蹲伏在雙手劍上，匕首冰涼的貼在護衛天使的頸項。

「你輸了。」燦月深深吸口氣，「別阻撓我。」

護衛天使漾起一個耐人尋味的微笑，「妳不敢殺人。」他火速棄劍使弓，「但是我敢。」

來不及懊悔自己的軟心腸，那支銀箭已經射入了擋在她前面的杜莎。在最危急的時候，杜莎用最後的力氣看準了箭矢，用殘破的翅膀飛擋在燦月前面。

「杜莎！」她悔恨至極，痛苦的心都要爆裂了。

人類就是這樣軟弱……這可是戰場，容妳哀悼無聊的死者嗎？護衛天使獰笑著搭弓，準備直接射殺弒神者……

燦月悔恨的淚落在翡翠葉上，反射出晶瑩的閃亮。那溫暖的淚光，讓他停滯了一下……就這一下的遲疑，覺得胸口一陣火熱，像是燃燒般的炬火，燦月的箭射在他的胸膛，將他自我防衛的冰霜融解了。

他倒了下來，皇冠似的頭盔跟著掉下，露出燦月很熟悉的臉孔。是米迦勒的臉孔。

燦月覺得她再也無法思考了。

「不要……不是的……這是幻影，這是妳要讓我痛苦的幻影……」燦月跪了下來，對著石門痛苦的大喊，「天使長，妳別用這種卑劣的手段～」

躺在地上的米迦勒笑了笑，伸出戴著手套的手，碰了碰掛在她頸上的翡翠葉。「……快走吧，時間不多了……」

「騙人！騙人的！」燦月不斷的哭泣，「你不是GM嗎？你不只是GM嗎？你不是該有你的人生，你的未來嗎？為什麼……為什麼會這樣……」

「……我曾經是十二服的GM。天使長能夠了解如何修改劇本……是我給她線索的。」米迦勒短促的笑起來，卻因為劇痛扭曲了臉孔。「……我到現在還是相信，我的想法沒有錯誤。但是……我看到妳，看到妳這樣一個非人，在這個世界一無所有的奮鬥……我又……」

哪來這些熱情呢？人死如燈滅，這些熱情為什麼還讓她這個非人如此燃燒？為什麼她這樣甜蜜的笑，經過那些困苦恐怖，經過那麼多的折磨，和前途不明的惶恐，為什麼她還能夠這樣笑……？

「……妳沒有錯，我也沒有錯。那麼……是什麼錯了呢……？」他闔上眼睛，「我做了我認為對的事情……妳也去做妳認為該做的事情吧……」不再睜開。

僵直的跪在米迦勒的身邊，很久很久，都沒有動。茫然的看著垂死的杜莎，和好不容易把自己挖出來的得慕，她的目光，沒有焦點。

呵，我果然不是英雄……哪個拯救世界的英雄，是一路哭著戰鬥的呢？

但是現在，她的眼淚就此乾涸。

或許沒有乾涸，而是在心裡堆積，淹漫。成河、成湖、成海。

沒有邊際的淚海。

「去做，我認為該做的事情。」她自言自語，「我該做的事情……」

她像是夢遊患者，推開沉重的石門。

*　　*　　*

踏入石門，像是另一個虛無縹緲的夢境。所有的殺戮、血腥，悲傷與苦痛，像是留在門的另一端，了無蹤跡。

空氣中飛舞著燦爛閃亮的微光，銀白苗條的白樺樹搖曳著，每片葉子都倒映著星星與月亮的朦朧。

樹下有少女安寢。純潔的羽翼包覆著自己，纖白的手探在樹旁流泉，半睜的眼睛似乎還在夢與醒的界限游移。

燦月搭弓，瞄準了少女。

她的眼睛睜開些，「為什麼要殺我呢？和我相同能力的姊妹……」她睏倦的坐起來，「妳不也渴求夢天的完成，好讓妳的生命可以延續下去？」

「……沒有人真的想死的。天使長。」燦月對自己悲慘的笑笑，自言自語著，「除了極少數的愚者。」譬如我。

「為什麼不服從我？」天使長絕美的臉龐充滿悲憫，她站立起來，燦月就知道自己沒有勝算。即使是耗盡法力沉眠的天使長，相較於燦月這樣的一個凡人……

她終究是神。

人類畏神已經有數千年之久了，深深的刻畫在每個人類的潛意識裡。儘管她知道自己該做些什麼，但是面對這樣的一個神祇……強大的精神壓力，還是讓她虛軟的放下弓箭。

天使長緩緩的走向她，空氣變得滯怠、沉悶，燦月卻什麼都無法做，只能絕望的看著她越來越靠近。

「好久了，好久了……」天使長露出如在夢中的神情，「我一直掌管著人類的夢與死亡……每個人的夢境都在我腦海裡流轉，最後在一切結束中死亡……但是沒有夢了，沒有了。人類幾乎不太做夢，就算做的也是邪惡污穢的夢，不知所云，了無生趣……最後他們自己製造了許多夢境，就算是做夢也是這些褻瀆的偽夢。」

她抱住頭。「自己沒有自己的夢，只能在別人的夢裡做夢！靠漫畫、靠小說，靠該死虛擬的電腦！我越來越恨人類白癡似的夢，靈魂乾枯的夢！我反而比較喜歡死亡，死亡的人類多麼可愛，多麼安詳……」她咯咯笑，眼睛裡有瘋狂的晶光，「妳也這麼認為吧？因為我也看得到妳的夢境……」

燦月沒有回答。她只是有些茫然的站著，像是被雷聲閃電驚嚇的孩子。

天使長已經站到她面前了，她很高，纖細而苗條，她低垂了潔白如玉的額，和燦月貼著，「我的想法有什麼不對呢？將人類收納在我的羽翼之下有什麼不對呢？我讓他們的靈魂安居在此，他們永遠都有做不完，活生生的夢境。他們將會視我為女神，我也將永遠慈愛的對待他們、憐愛他們，誰也不能干涉我，傷害我的小寶寶……」

燦月劇烈的震動一下，天使長的短劍穿透了她的前胸。她的聲音溫柔的、甜蜜的，

「但是這個世界不需要兩個女神。」

燦月笑了。她搭住天使長的肩膀，「我不是當女神的料子。」反手將射殺米迦勒的箭，插入天使長的心窩。

法力盡失的天使長居然沒避開突如其來的這支箭矢，哀叫著推倒燦月，跌跌撞撞的往深處逃去。

燦月很想大笑，但是一張開嘴，卻是豔紅的血。她跪在地上嗆咳不已，止不住溫暖的血從指縫不斷流下，儘管她已經盡力摀住嘴了。

開始覺得冷了。她喘了一下，讓短劍留在前胸，不拔出來。畢竟是神的劍啊，鋒利到和傷口間毫無空隙，這或許是她還有一口氣的緣故吧？

努力了幾次，她站了起來。沿著血跡，顛頗的追去。

在陰暗的角落，她聽到和自己相同的嗆咳聲。唔，視力已經開始模糊了……但是該辦的事情還是要繼續才行……

驚慌失措的天使長抬起滿臉淚痕，楚楚可憐的看著她，「……為什麼非殺我不可？殺了我，這個伺服器會關機……關機以後就什麼都沒有了！妳也會真正死掉的！天堂不會講信用，他們不會留妳這個危險份子……」

「……我已經放棄了去天堂的路了。」燦月氣喘吁吁的跪下來，「我應該會魂消魄散吧？沒關係……我希望大家都可以回家。」她無力的聲音越來越低，「我只希望他們可以回家。」

我……死在什麼角落都不要緊。讓所有人都可以回家吧……

天使長睜大眼睛看她，良久沒有說話。她停下治療自己的法術，好不容易止血的傷口又噴湧出溫暖的血液。

「你們……都是我的孩子。」她的眼神漸漸渙散，「從很小的嬰兒開始，到漫長的一生。從純潔的夢轉為邪惡、污穢。我一直不忍心的看著，為每一個死去的人哭泣。你們為什麼要變得這樣污穢邪惡，為什麼要變得那樣自私自利呢……？」天使長哭了，哭得非常傷心，氣息也漸漸低微。

「孩子都會長大，妳不能幫他們活。」燦月握住她的手，「放手吧……天使長。讓人類去走他們的路，不管是生存還是毀滅，要讓他們自己去決定啊……」

「……我只是……只是一個悲傷絕望的母親啊……」天使長流下最後一滴淚水，闔上眼睛。

絕望而瘋狂的母親，想要殺死孩子好保住他們的純真。她伏在天使長的身上，開始大哭。

雷格大神恩賜的時間終於結束。

護衛天使們能夠動彈的時候，發現眼前的目標消失了，不禁茫然。而遠征隊員發現只是一瞬間，自己已經脫離戰場，讓翔保護在身後，也感到非常驚愕。

「要結束了……」翔呼出一口氣，「天使長已經死了。」

「……」撒格兀呆了一下，「喂，我第一次看到你說這麼多個字欸……」

「沒辦法，」翔苦笑，「我中了天使長的沉默術，不能說超過四個字的句子。伺服器快關機了，你們先登出吧……」

「……你到底是誰？」只剩一口氣的杜莎困惑，「應該只有非人才能夠在雷格大神的能力範圍內自由活動的。你卻可以將大家拖離戰場……我覺得……你有種很親切的感覺……」

「不重要。」翔搔了搔臉頰，「再見吧……嗯，是有那麼一天，我們會再見的……」

伺服器要關機了……如意呆了一呆，拉住撒格兀的前襟，飛快的報出一組數字，「這是我的電話號碼！記住沒？記住沒?!要跟我連絡……一定要跟我連絡！遠征隊不會就這樣解散的！要跟我……」她第一個斷線了。

「……我記住了。」撒格兀大夢初醒，「你們呢？怎麼連絡你們？我的電話是……」換他斷線了。

翔鬆了口氣，百合卻從後面抱住他。

他僵住了，「……百合，我不能告訴你我的連絡方式……」

她落淚，卻笑著搖頭，「我、我知道你是誰。我只是個護士……卻可以看到一些異象。」

含淚的笑容，真的像是沾了晨露的百合花，「後會有期，六翼的死神先生。」然後朦朧的消失了。

翔呆望著她消逝的地方，自言自語，「有這麼明顯嗎……？得慕，妳笑什麼啊？」

得慕噗嗤出來，摸了摸杜莎的頭，「……試著跟我走？」

杜莎苦笑著搖搖頭，「不用試了……我無法離開。請讓小龍平安回家。」

小龍掙扎著不讓得慕抱，「什麼意思？杜莎，妳不跟我們走？妳也來啊！杜莎不走我也不走！杜莎，杜莎！」

一陣黑暗籠罩。

伺服器關機了。

*　*　*

四周漸漸暗了下來，伏在天使長身上的燦月覺得冷起來。她的血幾乎都流盡了，天使長的殘存法力，讓這個地方在伺服器關機的時候，還可以暫留一小段時間，但時間也快到了。

她隱隱的知道，所有的人都平安回家，很感到安慰。但也感到非常寂寞。

其實……該見的人都見了……該死的、不該死的人……都死了。這個時刻……這個時刻……啊，還有個慈愛的長者她還沒告訴他，她有多麼敬愛、像是在敬愛父親一樣。

「凱拉辛……」她失去血色的唇輕啟，唸著這個慈愛的名字。

「**孩子，我在這裡。**」應她的召喚而來，是失去龍角的凱拉辛。「**妳辦到了。孩**

子，妳做得很好。」

她含淚的笑著，安慰的趴在他的身上，龍的身體溫暖如火爐。「看起來如此。」

「何解？我的孩子。」

「……其實……我是贊同米迦勒和天使長的。」她虛弱的笑笑，「照他們的方法，人類還可以用另一種形式延續下去……照我的方法……只是讓人類載歌載舞的往巴比倫走去，往完全滅亡走去……」

燦月的頭無力的垂下來，「他們也深愛著人類，說不定比我還喜愛。」

「但妳沒加入他們。」

「……人類的道路，不是任何『別人』可以決定的。毀滅或生存，都是人類的自由。」她的微笑，是凱拉辛漫長歲月以來，看過最美麗的微笑。

「我當不成英雄，也當不成女神。我只是個、只是個非常普通的人類……就算是死了，我也是、我也還是……」她的意識漸漸脫離，縹遠。

「對不起。凱拉辛。我害你失去龍角。希望你龍角復生如故……願你永遠在歲月裡存在，唯一的真龍……」

「妳肯定我的存在？肯定我不只是一行程式？」龍輕笑，冒出燦亮的火焰照亮黑暗。

「你是……應咒語陣召喚而來，橫渡西之彼方和夢幻，唯一的真龍……」她流下最後晶瑩的淚，卻是喜悅的淚。「你是不會消失的存在，我的父親，至壽者凱拉辛……」

「吾女。」龍又發出響亮的笑聲，金紅的火焰照亮了一切黑暗。

那是燦月看到的最後影像。

天使長的法力消失，一切都歸於虛無。

後記

「杜莎！杜莎！」他以為自己在大叫，卻只發出嘶啞的聲音。

「……老天，他真的醒了！醫生、醫生！快來～」

小龍……或者該叫他的真實名字，智淵。他一睜開眼睛就想拿開氧氣罩和拔點滴，又哭又叫的的想掙扎下床，只是躺了好幾個月的身體並不聽使喚。

「小龍，別亂動……你才剛清醒……沒事了……你回家了。」

逆光中，他看到一男一女站在他的床頭。那女子有著溫潤的臉頰和不屈的眼神，穿著樸素的套裝，男子卻像是個鐵塔般……雖然是腿上打石膏，拿著拐杖的鐵塔。

「如意？撒格兀？」他鎮靜了一點，嘶啞的問，「杜莎呢？其他人呢？」

他看到自己枯瘦的手，卻不是龍爪。他的確「回家」了。但是……他的心好痛，好痛好痛……

「杜莎呢？」帶著哭聲，他抬頭乞求的看著兩個隊友。

「別擔心了……」如意安慰他，「伺服器一關機，我們就亂著連絡其他人啊。真是好笑欸……在一起這麼久，居然都沒留下連絡方式！撒格兀和我先取得聯繫，然後開始找跑不掉的人……」

「攝影記者可不是白幹的。」撒格兀聲如洪鐘，「還有誰比我的消息更靈通？查一查就知道你躺在這個醫院啦！所以趕緊跟如意來看看你，讓你安心一下啦。等我連絡了其他人……說不定杜莎是跟其他人一起回來的。」

「如果她沒有回來呢？燦月是不是回不來了？不要啊……」這個清秀的男孩子哭了起來。

果然是孩子……如意撫了撫他的頭髮，「一定連絡得上的……等伺服器開了就知道了呀。對了，你怎麼一睜開眼睛就知道我是如意？我說不定是百合喔。」

「百合比妳溫柔多了。」小龍眨著他的大眼睛，很認真的回答。

「小孩子果然比較誠實，哈哈哈～」撒格兀很沒禮貌的大笑。

死小鬼！眼冒怒火的如意給了一人一記穿顱手。一大一小兩個男生抱著腦袋不敢出聲。

「……你該高興，她沒用雙刀敲……」撒格兀小聲的對小龍說，他很認真的點頭。

「水果刀加菜刀合成雙刀流，要不要啊?!」如意眼中的怒火更盛了。

兩個男生把頭搖的跟波浪鼓一樣。

還想繼續教導他們禮貌，但是接到醫生通知的家長跑來了，抱著小龍又哭又親，如意揉揉鼻子，拖著撒格兀出來了。

互相對望，突然同時嘆了口氣。一切都……結束了嗎？

「明天我去另外九個人那邊『探病』。然後問看看，有沒有誰知道點端倪……」如意開口了。

「我跟妳去啦。」

「裹著石膏的人乖乖養病啦！」如意兇他，「……我會去你家報告結果的。真是，臉長得像半獸人，身材像半獸人也就算了，腦袋也跟半獸人一樣……」

「喂！妳居然說我這英俊的臉龐、健美的身材像半獸人?!妳的眼睛糊到什麼呀！」撒格兀很憤慨的握拳。

「反正我對你的長相又沒有期待。」如意扁了扁眼睛，「跟夢天裡面差不多麼。」

撒格兀想抗議，看到她溫潤的臉龐又把話嚥下去了。「……妳的身材倒是比夢天裡面好很多。」

如意的臉馬上爆紅，一拐子撞上他的胸口，「你在看哪裡?!色狼！」

被她這一拐子打到重心不穩，他抱著包石膏的腿猛跳，「妳也講講理好不好？我是誇獎妳欸！要不是我喜歡的女孩子，我還懶得亂看哩！亂看是會出問題的，知不知道啊？」

喜……喜歡?!如意的臉紅到破表了，一陣陣的發熱。

「我我我……我才不會相信男人的胡言亂語！」她想轉身就跑，卻看到撒格兀氣悶的靠在牆上，似乎非常痛。

「是不是胡言亂語，以後就知道啦。」他費力的撐起拐杖，「路遙知馬力啦。」

如意把臉別開，「……很痛是不是？靠著我的肩膀吧……」

瞪了她一會兒，撒格兀不大好意思的把手放在她肩上，卻是輕輕的。兩個人默默的並肩走。

「咳，我試著連絡得慕和翔吧……要知道，這麼多年的攝影記者不是白幹的……」他滔滔不絕、語無倫次的說了一堆。該死……他十年沒說過「我喜歡妳」這句話了啦。

等他發現自己居然說了這些話，不禁後悔不已。「……妳要不要試試我的馬力？裹著石膏雖然有點不方便……」

他沒受傷的腳馬上受傷了……讓高跟鞋狠狠地踩了一下。

「撒格兀，你可以試試看水果刀和菜刀的雙刀流。」她板著臉說，卻將他的手拉過來，環在自己肩上，「還能走嗎？」

「……嗯。」

走出醫院，撒格兀小小聲的說（他以為很小聲，但是大聲公的很小聲實在是……），「對不起。我只是……我不會表達啦，我就是，啊啊啊～很喜歡妳而已啦！我也很想知道為什麼喜歡妳這個恰查某啊～我不是只想拐妳上床，當然我也想啦……不對不對，我是說……」

男人喔……如意低頭忍笑很久，才抬起頭，招了計程車，把撒格兀塞進去。

「我話還沒說完啊！」他掙扎著探出頭。

「我等你『路遙知馬力』啊。」如意插著腰，「最少也先把腳傷養好吧？」

趁他發呆的時候，如意很滿意的將車門用力關上。「開車吧，司機先生。」

「……喂！妳說的是什麼意思？我沒聽懂啊！喂！如意～」陣陣的慘呼隨著計程車遠去。

如意這才大笑起來。笑著笑著……

「妳總會再遇到別人，了解別人的『自己』。」燦月溫柔的話語在她記憶裡響起，像是一道暖洋洋的晨光。

我的確還可以再開始。

但是妳呢？燦月……妳現在怎麼樣了？是不是在關機的伺服器沉眠？妳能不能再開始呢……？

＊　＊　＊

到處奔走了很久，他們連絡不上翔，連絡不上得慕和百合。

壓抑著心焦，他們探訪了這次「瘟疫」中成為植物人的玩家，果然伺服器關機以後，所有的人都「回來」了。

但是他們的回憶很稀薄，被天使長控制的時候，他們是沒有自己意志的。但是有幾個人對著他們呆看，像是在努力回憶些什麼。

「第九個人。」撒格兀不顧如意的反對，也拖著傷腿東奔西走，「沒消息就是沒消息。對了，我看到妳寫的戰記了……沒想到妳會寫文章啊。」

「文學碩士拿假的？我還在念文學博士勒……」如意轉愁眉，「是啦，迴響很大，但這三個人都沒跟我們連絡啊……我真的很擔心……」

撒格兀搖了搖頭，不耐煩的把煙按熄，他們煩悶的站在門口茫然了一會兒。

「算了，去看看小龍好了。他的醫院離這兒不遠，聽說快出院了……」

搭了計程車去小龍的醫院，兩個人的腳步都很沉重。遠征隊剩下他們三個，等等不知道要怎麼面對小龍的期待……

走進小龍的房間，他們深深的吸了口氣，一推門，護士小姐站了起來，溫柔的笑像花朵般皎潔。

小龍興奮的對他們大叫，「欸，我才剛要打電話給你們欸！她是……」

「百合！」撒格兀和如意同時大叫，如意興奮的拉著她的手，千言萬語，只是哽咽。

「……我看到妳的文章了。」百合低了低頭，「只是有點晚才看到。所以我跟翔說……」

「翔？翔在哪？」他們兩個東張西望的找人。

百合有點為難，「……其實，他不該在活人面前出現……但是，」她的眼睛燦亮，「但是我們可都是遠征隊的隊員呀。」

「哈哈……」陰影處傳來無可奈何的笑聲，「我真拿妳沒辦法……嗨。」只見一個身穿批披掛掛的黑衣，一手還拿著大鐮刀的俊秀男子，不好意思的搔搔後腦，「我是翔。」

撒格兀和如意的眼睛都直了。如意試探的問，「……你剛去參加cosplay嗎？」看起來是個怪人啊……

無疑是個神經病，穿這樣也敢在大街上走。「……你該不會是冒牌貨吧？那個嚴肅到三拳打不出一個屁的聖騎士會是你？你不要看百合漂亮想隨便泡她，我們家百合可不是隨便人可以泡的！」

翔無奈的仰首望天，遲疑的……張開了三對翅膀……純美的六翼在背。

「你……」如意張大嘴。

百合溫柔的解釋，「他是翔，也是六翼的死神先生……」

撒格兀翻了白眼，仰面躺了下去。

＊　＊　＊

「你騙我！」清醒過來的撒格兀揪著六翼的前襟，「騙我是他媽的禮儀師～還要給我打八折！」

哈哈……剛剛嚇昏過去的先生，這可是死神的前襟欸……「工作性質很接近嘛……八折還是可以照給喔。」六翼陪笑。

如意細想凱拉辛的話，一個個點過去，「冒險家、學者、治療師……非人。得、得慕應該也不是什麼社工吧!?」

「呃……工作性質也很接近嘛……」六翼趕緊把眼睛移開，「我什麼都沒說唷。」

一個遠征隊，一半以上都是非人……光想到就脊背發冷。

「……妳什麼時候知道的？」如意臉孔蒼白的看著百合。

「欸？我是護士呀。剛好我有陰陽眼，所以……」她很可愛的微笑，「一開始就知道了吧。難道你們通通不知道嗎？」

這下子，連如意都想昏倒了。

「沒關係，死神先生，那那那……杜莎呢？」反而是小龍最鎮靜，「杜莎和燦月呢？」

「……官方已經沒有十二伺服器了。」死神微微一笑，「忘了她們吧。」

「她們真的都死了？不會回來了嗎？」小龍臉孔煞白，「我不要！不要！，你是死神，你一定知道她們去了哪……就算是天堂或地獄，也是歸處呀！讓我知道吧……拜託……」

聽著小龍的哭叫，每個人心裡都相同的沉重。

「……官方沒有第十二伺服器。」如意冷靜下來推敲了一下，「那……第十二伺服器到哪去了？」

「我不知道。」死神擺手，額頭有些冷汗，「我會被得慕打死……」

「在得慕那兒是嗎?!」撒格兀吼了起來，「你真是騙人成性欸！她們到底怎麼樣了？我要去看看！」

「死神也有管不到的地方啊……」他苦笑，「忘記不行嗎？」

「不行！」如意和小龍一起叫了起來。

百合楚楚可憐的含淚看著六翼，「……死神先生，我們都是遠征隊的隊員哪……」

別這樣看著我。六翼頭痛了。啊啊啊～他抗拒不了這種眼神～

「……我盡快給你們答案，好嗎？」他嘆了口氣。

* * *

過了幾天，百合笑咪咪的給了他們三人各一片光碟。

「這是什麼？」撒格兀瞪著這片光碟。

「補丁。」百合笑著擺擺手，「裡面有詳細說明。照著安裝覆蓋執行就好了……晚上七點我等你們唷。」

補丁？撒格兀和如意對看了一眼，有些摸不著頭緒。

小龍很誇張的嘆氣，「你們一定都沒玩過私服*。」他今天出院，正在穿衣服，「喏，這是我的電話。如果不會安裝打電話來，我會教阿姨叔叔的。」

這兩個人心裡一起冒出怒火……死小鬼！

「就是個補丁嘛！有什麼難的！」撒格兀揮拳，「走！如意，來我家。我家有兩台超高性能的電腦，別讓死小鬼看不起我們～」

百合又探頭進來，「對了……若是螢幕發出強烈閃光，那是轉換過程，不是電腦要爆炸了……不要害怕。光碟片收好，別流傳出去唷。嘻嘻……」

她最後的「嘻嘻」讓人很不安。

懷著忐忑的心情，如意和撒格兀按著光碟內的說明，開始安裝覆蓋，執行一個很特別的檔案。一陣強烈的白光閃得兩個人眼前什麼都看不見……

等光芒褪盡以後，他們兩個人面面相覷，嚇得差點跳起來。

他他他、他們……他們用遊戲角色對望中！

這是很難形容的感覺……眼睛看出去，卻是陌生的手、陌生的腳和陌生的裝束。明明知道眼前的是撒格兀……卻是夢天裡的撒格兀，不是真實世界的撒格兀！

＊「私人伺服器」的簡稱。由個人取得遊戲程式架起來的遊戲伺服器。跟官方的伺服器功能差不多，也可以讓玩家連入，通常是免費的。但私人伺服器侵犯到遊戲本身的著作權，算是非法的。

身邊的得慕嘆了口氣，「有這麼震驚嗎？想成換了個身體不就好了……」

不要那麼若無其事的樣子！我們是正常人類，正常人類啊！

「老先生老太太的反應本來就比較大。」小龍攤了攤手，模樣像是個少年盜賊，尤其是那種痞樣，「我倒是很習慣……」

「你這死小鬼！」「你還是當你的幼龍吧，還比較可愛！」這對「老先生老太太」一起對他施展了穿顱手，瞬間兩個包。

翔和百合在旁邊笑了起來。

……整個隊伍，真的只有他們兩個正常人嗎？

「翔，你的眼睛……怎麼會青了一隻？」如意驚魂甫定，看到了有單熊貓眼的翔。

他乾笑兩聲，「人沒有犧牲的話，就什麼也無法得到。為了得到什麼東西，就需要付出同等的代價……死神也是一樣……」

得慕扔出了一顆魔精石，讓他完美的成了徹底的熊貓眼。「……誰給你演鋼鍊啊!?這根本不應該的嘛！我們對這個世界來說是不純粹的存在呀！萬一因為我們有了什麼異變……誰要負責？你還是我！」

「但我們是遠征隊隊員啊！」其他的人憤慨的異口同聲。

「民主社會，少數服從多數喔。」睜著一對熊貓眼，翔很無辜的說。

「……笨蛋。」得慕沉重的嘆口氣。「好啦，走吧。別把這趟旅程想得太美……這可是徹徹底底的苦行！」她掏出翡翠葉，轉了一圈，「幸好……他們離我們很近。」

「有多近？」小龍滿懷希望。

「三天左右吧。」

……還真近哪……

這三天對他們這群都市人來說，真是苦不堪言。露宿荒野，睡得是泥土地，只有披風可以蔽寒。肚子餓的時候必須去打獵或是釣魚，不然得到處找可以食用的果子。要休息的時候非升營火不可，不然會冷到無法入睡。男生們輪流守著營火，還得防範野獸偷襲。雖然他們的等級很高，武藝高強（？），近身相搏的時候還是讓人冒了一身冷汗。

「這是十二服嗎？」如意望著參天的樹木，不敢相信的問著。

得慕沒有回答。

「妳不如說……這是另一個真實的世界吧。」翔開口了。

「天使長沒死嗎？」她驚嚇了。

誰也沒回答她的問題。

沉默的跋涉了三天，終於抵達……一個村莊。他們的眼睛都直了。

是……村莊。有農田、有牛，有雞跑來跑去，河裡還有鴨子游泳的村莊!!

更讓人驚駭的是，他們的隊長，拯救世界的遊俠，彎著腰，正在黃澄澄的稻田裡面幫忙收割！

「燦月？」如意輕輕的喊，繼之狂叫，「燦月!!」奔進稻田裡，她一把抱住了燦月，淚流滿面。

「你們……?!你們怎麼會來了？」燦月驚喜極了，「如意……我好想你們呀……」她擁抱著如意，哭了起來。

其他人也歡呼著衝進稻田，只有得慕慢吞吞的跟在後面，「……有沒有常識呀，這樣衝入田裡……等等會打雷……」

「你們這群流氓、土匪，窩囊廢！在我的田裡做什麼?!」一陣驚天動地的大嗓門，嚇得每個人都跳起來，「糟蹋我的好田，浪費我的穀子！骯髒的豬，該下地獄的蠢貨！」

怒氣沖沖的老農夫比巴溫還可怕多了，他們垂著頭讓老農夫罵了快一刻鐘，承諾無償幫他收割才平息了他的怒氣。

得慕悶悶的看著乖乖割稻的遠征隊，「……跟妳說過多回了，女神助割實在很好笑，拜託妳也有點女神的樣子……」

「我不是什麼女神啦……」燦月搖著手。

「手停下來做什麼？沒用的東西！這點點活兒就幹不了啦！」老農夫的怒罵又追了過來，燦月趕緊低頭割稻。

……這是她見過最沒用的女神了。得慕疲勞的垂下肩膀。

「不要以為妳是小孩就沒事啦！跟著這些流浪漢有個屁用？拿著這個籮筐，去撿蛋！」老農夫用大魔王的氣勢將籮筐一推，指使著得慕，「看什麼看？快去！」

等夕陽西下，他們累得在田埂喘氣。

「這比打巴溫還累……」小龍趴在自己膝蓋上，「遠征隊的首號敵手……『割稻』！」

大家都笑了起來。

「米迦勒回來了。」燦月站了起來，對著遙遠的馬車揮手。

馬車欸……小龍沒好氣的想，這到底是怎麼回事……但是他看到米迦勒身邊，坐了一個可愛的少女。

雖然面目一點都不像……他還是怔怔的看著，狂叫著衝上去，「杜莎！杜莎！杜莎，我是小龍啦！杜莎！」跑得太快，他結結實實的跌了一跤。

「……這麼大的人了，跑步還跌倒喔？」他的眼前有件女孩子的裙擺，杜莎蹲下來，擦了擦他的臉，「滿臉都是稻桿灰塵……分布得還滿均勻的。」

他一把抱住杜莎，放聲大哭。就算她坐在飛碟上、讓八條龍一起拉著飛也沒關係。只要還能見到杜莎就好了。

*　*　*

老農夫雖然嘴巴惡毒，卻準備了很豐盛的晚膳給這些幫忙收割的人。他老於世故，知道遊俠們（雖然他打從心底認定是流浪漢）有自己的祕密要說，他也很知趣的早早離席。

「為什麼……」如意七手八腳的比劃，連她自己都不知道在比什麼，「這個那個……總之，這裡是十二服嗎？真的是十二服嗎？」

燦月搔了搔臉頰，「……嗯。」

「但是但是……這個這個……」她又開始比自己也看不懂得比手畫腳了。

「哈哈……」燦月整理了一下思緒，有點抱歉的說，「呃……我擁有和天使長相似的能力，能夠將虛擬轉換成現實……」

在她垂死的時候，她承認了凱拉辛的存在，稱呼他是父親。原本就是應「咒文陣」（程式語言亦是另一種形式的咒文陣）召喚而來的凱拉辛，因為燦月虛轉實的能力，真正的在十二服的夢天成為實體了。

這代表了什麼？這代表了所有燦月意識裡認為的龍的法力，凱拉辛都擁有了。小說、電影、神話……包括她的想像。所有龍的法力，都集中在凱拉辛的身上。

他將被神之劍刺穿的燦月保護在他的渾沌中，像是孵卵一樣將她再次生下。受凱拉辛保護的還有燦月心心念念不忘的杜莎和米迦勒。

這是一段很長的時間……起碼對代理商來說是的。因為凱拉辛的法力，十二服一直無法修復，連開機都不能。他們只好放棄了這個明顯損壞的硬碟，但是所有命名為十二伺服器的的電腦也都遭遇開機不能的窘境。

所以十二服在夢天這個遊戲消失了。

「舒祈把硬碟拿回來。」得慕補充，「她剛組好新的電腦，就很神奇的自動開機。雖然我們家的電腦也沒在插插頭的，但我還是嚇了一大跳……」

「等我醒來的時候，也嚇了一大跳。」燦月不好意思的笑笑，「因為我不知道會這樣……但是我不會再去染指其他的虛擬了！我不是故意變成這樣的……只要我走過的地方，就會出現生命，就變成了實體……這些年，我一直在旅行……但是但是，我絕對只在十二服旅行，不會離開這裡的！前幾年因為我還迷迷糊糊，所以時間感很快……現在我已經調整過來，跟現實的時間同步了……」她越說越歉疚，聲音也越來越小。

真沒看過這麼沒用的女神啊……得慕額頭落下幾滴汗。「……剛開始，是我把一些天不管地不收又不能轉生的人魂送進來。因為他們聽說了十二服的事情……都是些比較年輕、嚮往奇幻世界的人魂……沒想到他們在這裡居然順利轉生，擁有了肉體，還生起孩子，繁衍起來……」

她臉上掛滿黑線，「然後這個沒用的女神在幫她的子民割稻子！」

「哈哈……」燦月縮了縮，「就說我不是什麼女神了，我只是旅人呀……跟著丈夫孩子旅行的旅人嘛！」

其他的人都笑了起來。就算燦月是十二服的女神，還只是他們遠征隊的隊長呀……談笑聲，爐火劈啪的溫暖爆裂，就像以前的燦月營火。

遠征隊……不會解散的。

米迦勒只是笑著聽，溫柔的握了握燦月的手。只有他知道，他和燦月在那場痛苦的末日失去了什麼。燦月的心臟再也不會跳了，被神重傷的傷痕永遠不會消失，在她的前胸還留著觸目驚心的大疤。

代替心臟的，是凱拉辛給她的龍之血。所以她體內還有溫暖的血液可以流。

因為這樣，所以燦月喜歡靠在他胸口傾聽心跳。他雖然還有心跳……但是長期浸潤在勉強維持的護衛天使中，他的靈魂已經受了相當程度的損傷。

（比較起來，燦月的能力甚至高過天使長）

這損傷也反應到他的肉體，他有一條腿不太能動了。

他們的女兒……杜莎。年輕的靈魂恢復得快，但是再也長不大，一生要維持孩子般的模樣。

付出了非常的慘痛，但是……他已經很珍惜現在的平淡幸福了。

小龍悄悄的離開了溫暖的餐桌，跟在杜莎後面。

「以後，你別再來了。」杜莎的臉隱在朦朧的黑暗中，「我們是兩個世界的人，彼此懸念祝福就好，別再來了……」

「囉唆。」他將臉一別，「我會再來的。」

「……我永遠不會長大了。」沉默了一會兒，「誰也不知道我跟燦月、米迦勒，可以活到什麼時候……這是史無前例的世界，一切都是空白呀！」

「那我是不管的。什麼兩個世界……吵死了。打開電腦就可以來，就算要爬很久的山坡，走很遠的路……我還是會來的！我在現實或許還要上學、吃飯什麼的，但是我總會有空閒的時候啊！我只要有時間就會來，不准妳不見我！不准妳不想我！」

哪有這麼簡單。她睇著小龍，微微笑了笑。這樣的心意已經是永恆了……不是嗎？

「你只是個小笨蛋而已。」她輕笑，轉身進入屋子。

他卻在屋子外面紅著臉，發呆了很久很久。

第二天，他們道別。之後遠征隊員還是常常來訪，重溫營火的溫暖。

看著他們離開，燦月和米迦勒緩緩的在田埂上散步。「……太好了。我幸福的好想哭……」

米迦勒沒有說話，只是握緊了她的手。他的腳步遲緩，有些顛頗。原本意氣風發的遊俠，如今卻連奔跑也不能了。

「……我們去拜訪凱拉辛，看他有沒有什麼辦法……」她的心裡充滿憂傷。

「凱拉辛也拿這沒辦法。」他微微笑，「但是妳有。」

「我？」燦月有些驚慌失措，「但是我也……」

「只要妳陪在我身邊。」環著她的肩膀，「只要這樣，就可以了。」

她含著眼淚低下頭，微笑模糊而蕩漾。「這樣就可以嗎？」

「這樣就可以了。」

朝陽在他們的髮上閃爍。這是個很美好的清晨，一切都充滿了活潑的生氣、無盡的喜悅。

就跟他們一樣。

之後

等得慕將所有人都送回去，累個半死的回到舒祈的家裡。

燦月的伺服器靜靜的運轉，她看了一下，又加了七八重的結界。

「……就算地球毀滅，這個伺服器也壞不了。」舒祈有些無奈，「但是妳弄的那些結界，漏出來的法力讓我頭疼。」

「一點頭痛又不會死。」得慕有些羨慕又有些滿足的看著伺服器，「……我想保護燦月的世界啊……這可是史無前例的……」

「史無前例？」趕工中的舒祈爆笑了起來，「喔，老天，得慕，妳又知道這是史無前例的？」

她不解的看著舒祈。

舒祈指了指天空，「妳能夠很果斷、很堅定的說，我們所在的世界，包括高高在上的神人，絕對不在更廣大的伺服器中嗎？」

得慕愣愣的看著微星閃爍的天空，理所當然和真相……

她的確沒有這份理直氣壯。

「很難說呢，舒祈。」她笑了，「的確很難說。」

趕工中的舒祈，唇角一直留著耐人尋味的微笑。

（完）

作者的話

寫完這部小說，我心裡充滿了滿足感。

我非常喜歡這種天馬行空的題材，所以……寫起來很快，只是偶爾會因為字數會傷腦筋……若是認真寫細，這本可以寫成十冊，沒完沒了，真的成了無盡的旅程了……

還是不要這樣比較好。

我的奇幻類小說幾乎都有個源頭，因為很早我就做好了基本設定。所以許多小說中間都互相有關連性。

像是在這本出現的「舒祈」在「舒祈的靈異檔案夾」裡頭出現過，可說是我所有奇幻小說的開始。舒祈姓葉，是個平凡的SOHO，主要是幫客戶做排版。但是她擁有一種能力，可以在電腦裡面開啟檔案夾，收容天不管地不收的孤魂野鬼。

故事裡面的得慕，在她肉體成為植物人時，魂魄就已經到舒祈那兒定居，直到死後，拒絕了天堂地獄的挖角，依舊在舒祈家中，可以說是舒祈最早收容的人魂。

得慕有很優良的封印本能又充滿溫柔慈悲，相對於冷淡不欲多事的舒祈，她擔任舒祈的管家，將舒祈的檔案夾管理得井井有條。雖然說得慕不免多事了些，到處收容孤魂野鬼，收到天堂地獄都將舒祈視為「第三勢力」的威脅……但也因為有得慕的存在，所以才會擁有規模龐大的靈異檔案夾。

（關於詳細的故事，請看舒祈的靈異檔案夾）（是說，如果沒有絕版的話……）

舒祈擁有這樣的能力，被承認為都城（台北）的管理者，所以原本是盆地、充滿十字路口，應該是妖異橫行天災人禍不斷的都城，正因為舒祈在此坐鎮，所以一直安然無事。天界魔界都對他有些忌憚、請求，所以許多故事也因此而起……

（希望這樣的說明能夠看得懂）

我在很早的時候就架好了這個世界。真實與虛幻重疊，在這種想像裡獲得了莫大的安慰與樂趣。

就像是「六翼的死神先生」他也是我早期短篇小說裡的人物。原本他有能力成為天使長，卻因為某些緣故，自願降職為「橫死課」的死神先生，徒留六翼在背。

因為他的胸襟溫暖開闊，跟顢頇的天人不同，舒祈對他另眼相看些，所以……許多與舒祈有關的故事他都會出來串場一下。

但是他會不會成為主角呢？唔，這我還不知道。

因為……事情還沒有發生。

在我的世界裡……事情的確還沒有發生。但是發生的時候，我一定會告訴大家的。

＊　＊　＊

其實，我當初把書名取壞了，不該叫什麼「無盡的旅程」。結果讓我寫寫寫，寫了好幾天沒離開書桌，差點陣亡。

即使寫完了，但是故事並沒有真的結束。我似乎還看得到……

燦月他們走遍了亞丁和艾爾摩大陸，最後打造了船，跨過未知之海，探求新的土地了。走過的地方都有生命湧現，當他們漫長的旅行完全世界，再回來時……

人類已經有了新的文明、新的世界觀，新的神祇。即使沒有人真的知道他們的故事，崇拜著偽神……

燦月還是覺得，她是旅人、不是女神。

完成了長長的旅行，他們探訪凱拉辛，或許一起坐下來談見聞，也一起喝芳香的薄荷茶。

遠征隊員還是偷偷登入來看他們。燦月給了他們相當於神的權力，就為了隨時可以相聚。

遠征對一直沒有解散，直到最後一個遠征隊員老死……這份情感依舊活存在十二服裡。

這是個永遠說不完的故事。不知道有沒有機會，再告訴你們，燦月他們後來如何。

啊，我真不想把故事說完。這也的確是沒有盡頭的旅程。

國家圖書館出版品預行編目資料

夢天傳說之無盡的旅程/蝴蝶Seba著. -- 二版. --
新北市：雅書堂文化事業有限公司, 2024.03
面； 公分. -- (蝴蝶館；86)
ISBN 978-986-302-697-6(平裝)

863.57　　112022783

蝴蝶館 86

夢天傳說之無盡的旅程

作　　者／蝴蝶Seba
發 行 人／詹慶和
執行編輯／詹凱雲
編　　輯／劉蕙寧・黃璟安・陳姿伶
封面繪圖／陳治宏
封面設計／陳麗娜
執行美編／周盈汝
美術編輯／韓欣恬

出版者／雅書堂文化事業有限公司
郵政劃撥帳號／18225950
戶名／雅書堂文化事業有限公司
地址／新北市板橋區板新路206號3樓
電子信箱／elegant.books@msa.hinet.net
電話／（02）8952-4078
傳真／（02）8952-4084

2024年3月　初版一刷　定價240元

經銷／易可數位行銷股份有限公司
地址／新北市新店區寶橋路235巷6弄3號5樓
電話／（02）8911-0825
傳真／（02）8911-0801

版權所有 ・ 翻印必究（未經同意，不得將本書之全部或部分內容使用刊載）
本書如有缺頁，請寄回本公司更換

Seba・蝴蝶

Seba・蝴蝶

Seba・蝴蝶

Seba · 蝴蝶